DIE VERFÜHRUNG DES SCHURKEN

Die Verführungs-Serie - Buch 3

LAUREN SMITH

Übersetzt von
MARTIN WICK

Lauren Smith Books

ISBN: 978-1-952063-42-8 (E-Book-Ausgabe)

ISBN: 978-1-952063-43-5 (Druckausgabe)

$$\approx \quad I \quad \approx$$

Perdita Darby zog die Kapuze ihres Umhangs eng um ihr Gesicht, um sich nicht nur vor dem bitteren Wind zu schützen, der gegen die gemietete Kutsche schlug, sondern auch vor den wachsamen Augen, die in den Schatten lauerten. Die Straße war leer, die Dämmerung und die Kälte hatten selbst die eifrigsten nächtlichen Spaziergänger in ihre Häuser vertrieben. Sogar die Straßenkinder, die normalerweise verzweifelt nach Münzen bettelten, waren in einer so beißend kalten Nacht wie dieser in den Gassen versteckt und suchten nach Wärme. Perdita fürchtete, die Dunkelheit könnte jemanden verbergen, der erkennen würde, wer sie war oder was sie vorhatte. Das könnte ihren Ruin bedeuten.

„Mylady?" Der Kutscher stand an der Tür und schloss sie hinter ihr, als sie ihre Röcke freizerrte. Er begann, aus

Höflichkeit seine Mütze abzunehmen, aber sie bedeutete ihm, sie aufzubehalten. Die Nacht war zu kalt für solche Dinge. Er lächelte dankbar und trat den Schnee von seinen Stiefeln.

„Bitte wartet hier auf mich." Sie drückte ihm ein paar Münzen in die Hand und er nickte.

„Natürlich." Der Kutscher steckte die Münzen ein und kletterte wieder auf seinen Sitz. Er wickelte den schweren braunen Mantel um seinen Körper und kauerte sich auf der Suche nach Wärme zusammen.

Perdita stand vor der Tür eines Stadthauses. Es war ein schönes Haus, eines, das schon seit vielen Jahren in der Duke Street stand. Die edlen Bögen waren von Efeu umrahmt, der aus den Blumenbeeten emporwuchs, auch wenn die Blätter schon abgefallen waren und das skelettartige Geflecht der Ranken darunter freigelegt war. Aber im Frühling, wenn der Efeu leuchtend wucherte, würde er das Haus fast wie ein Cottage tief in den Cotswolds aussehen lassen, nicht wie ein prächtiges Stadthaus inmitten einer geschäftigen Großstadt.

Es war klar, dass der Besitzer dieses Hauses sich nicht die Mühe gemacht hatte, einen Gärtner zu beschäftigen, der den Efeu daran gehindert hätte, sich auszubreiten. Aber das hätte sie nicht überraschen sollen. Sie kannte den Besitzer dieses Hauses. Perdita hatte vor, sich ihm zu Füßen zu werfen und ihn um Hilfe zu bitten, wenn es sein musste. Dabei war es ihr egal, ob man ihn in den Ballsälen den Teufel von London nannte.

Sie straffte ihre Schultern.

Sei tapfer. Er ist der Einzige, der dir helfen kann. Lass ihn nicht wissen, wie viel Angst du hast.

Sie marschierte die Treppe hinauf und hämmerte mit dem Metallklopfer gegen die stabile Eichentür. Plötzlich überkamen sie Zweifel. Es war eine schreckliche Idee. Ihr Verstand forderte sie auf zu fliehen, als würde sie auf der Schwelle zur Unterwelt stehen.

Vielleicht könnte sie ihre Eltern anflehen, sie für ein paar Jahre auf den Kontinent gehen zu lassen und so dem Schicksal zu entgehen, das sie zu dieser Stunde an diese Tür getrieben hatte. Doch das würde nur ihr, nicht aber ihrer Familie die Konsequenzen ersparen, wenn sie vor der Erpressung davonlief, die ihr bevorstand.

Die Tür knarrte und das alte Eichenholz protestierte, als die Scharniere sich zähneknirschend bewegten. Ein Butler mittleren Alters stand in der Tür, seine Knopfaugen blickten über seine lange, dünne Nase und das spitze Kinn auf sie herab. Seinem professionellen Auftreten fehlte die Höflichkeit, die man von einem Diener in einem anständigen Haushalt erwartete. Seine Schultern waren breit und er schien viel zu muskulös für die vornehme Position eines Butlers. Aber dies war kein anständiger Haushalt. Dies war das Haus des Teufels.

„Ähm..." Er blinzelte sie an, offenbar erschrocken über ihre Erscheinung. Es war ein Risiko, nach Mitternacht auf dieser Türschwelle zu stehen. Eine Tatsache, der sie sich nur allzu bewusst war.

„Ich muss sofort zu Lord Darlington", sagte sie zu dem Mann und betete, dass er sie hereinlassen würde. Sie konnte nicht das Risiko eingehen, gesehen zu werden und einen Skandal auszulösen. Oder besser gesagt, einen anderen Skandal als den, den sie bereits minutiös plante.

Der Mann zögerte, sein Körper versperrte ihr den Zugang durch die noch teilweise geschlossene Tür. „Es ist spät, selbst für meinen Herrn."

Perdita wich nicht zurück. „Ich bin mir der Uhrzeit bewusst, aber er wird mich sehen wollen." Sie hob das Kinn und verkündete dies mit einer so königlichen Haltung, dass er nicht wagte, sie infrage zu stellen. Der Mann seufzte und trat von der Türöffnung zurück. Die Lektionen ihrer Mutter, so schien es, waren doch nicht an sie verschwendet worden.

„Hier entlang, Madam." Er bedeutete ihr mit einer Hand, einzutreten und sie betrat das Stadthaus. Sie entspannte sich, aber nur gerade so. Sie war zwar von der Straße aus nicht mehr zu sehen, aber sie befand sich immer noch auf sehr gefährlichem Terrain.

Zwei schummrige Lampen beleuchteten den Flur und das Treppenhaus. Sie war überrascht, dass sie noch brannten. War der Herr des Hauses noch wach? Sie hatte angenommen, dass er es sein würde, aber im Haus war es still, geradezu gespenstisch ruhig. Sie nahm sich einen Moment Zeit, um ihre Umgebung mit offener Neugierde zu mustern. Im Foyer gab es keine Dekoration, keine Bilder und nicht einmal einen Beistelltisch. Die Strenge des Raumes überraschte sie.

Hier residiert also der Teufel von London.

Die Möbel, die sie durch eine offenstehende Tür ein paar Meter weiter erblickte, vielleicht in einem Salon, waren veraltet und abgenutzt. Es ergab Sinn. Man munkelte, der Herr dieses Hauses sei ein verzweifelter Glücksritter in argen Nöten. Seine Verzweiflung war nicht selbst verschuldet, sondern durch den frühen Tod seiner Eltern und deren angehäufte Schulden entstanden.

Es musste eine schwere Bürde sein, die Verantwortung für den Erhalt des Titels und der Ländereien der eigenen Familie zu tragen, ohne dafür Geld zu haben. Ein Mann in einer solchen Position war gefährlich. Vor allem, wenn es um reiche, unverheiratete Erbinnen ging.

Wie ich es bin...

„Bitte wartet hier, während ich mit dem Herrn spreche. Wen soll ich ankündigen?", fragte der Butler.

„Perdita Darby", sagte sie und versuchte, das Zittern ihrer Stimme zu beruhigen, während sie den Butler die Treppe hinaufgehen ließ.

Perdita schluckte den Knoten der Angst in ihrer Kehle hinunter. Dieser Mann war verzweifelt genug gewesen, ihre liebste Freundin Alexandra Rockford zu entführen, um eine Fünftausend-Pfund-Wette zu gewinnen, indem er sie verführte. Allein das brachte ihm in ihren Augen seinen Spitznamen ein. *Die Tugend einer Frau als etwas zu behandeln, worauf man wetten kann, ist teuflisch!* Am Ende hatte er jedoch versagt. Alexandra war von Ambrose Worthing gerettet worden. Einem Mann, der so verliebt in sie war, dass er gegen seinen besten Freund gekämpft hatte, um sie zu befreien.

Alexandra hatte Perdita versichert, dass Lord Darlington nicht ganz so böse gewesen war, wie alle glaubten. Er hatte nur vorgehabt, die an der Wette beteiligten Männer davon zu überzeugen, dass er mit ihr geschlafen hatte, obwohl er es nicht getan hatte. Aber das machte den Teufel von London noch lange nicht zu einem Helden. Bestenfalls war er ein Schurke mit einem Gewissen. Aber Perdita war verzweifelt genug, um sich heute Abend in sein Haus zu wagen, wohl wissend um die Gefahr und den Skandal, der auf sie zukommen könnte.

Eine schreckliche Idee. Leider hatte sie keine andere Möglichkeit. Nur Lord Darlington konnte ihr helfen. Sie war bereit, so ziemlich alles zu tun, um ihrer Situation zu entkommen.

„Madam." Der Butler erschien am oberen Ende der Treppe. „Seine Lordschaft wird Euch jetzt empfangen."

Perdita starrte erschrocken zu ihm hinauf. „Im Obergeschoss? Nicht im Salon?"

Der seltsame Kauz besaß die Frechheit, sie anzugrinsen. „Er bestand darauf, Euch oben zu empfangen, oder ich sollte Euch hinausbegleiten."

Eine Unverschämtheit, von ihr zu verlangen, ihn oben zu treffen! Behandelte er alle wohlerzogenen Ladys auf diese Weise? Oder wollte er sie abschrecken, weil er wusste, wer bei ihm zu Besuch war? Ja, das musste es sein. Er dachte, sie hätte zu viel Angst, um nach oben zu gehen.

Ich habe keine Angst. Nun, eigentlich schon, aber ich will verdammt sein, wenn ich es eingestehe.

Perdita hob ihre Röcke und stieg die Treppe hinauf, ihr Herz hämmerte. Sie folgte dem Butler in einen Raum, dessen Tür leicht angelehnt war. Dann warf sie dem Diener einen Blick zu, aber dieser war bereits im Begriff, sich zu entfernen.

Perdita stieß die Tür auf und erstarrte, als sie erkannte, dass es ein Schlafgemach war. Darlington besaß die Dreistigkeit, sie in seinem Schlafgemach zu empfangen? Glaubte er etwa, dass sie aus amourösen Gründen gekommen war, oder dass sie einen solch dreisten Verführungsversuch dulden würde? Es war durchaus möglich, angesichts der skandalösen Stunde und der Tatsache, dass sie ohne Begleitperson gekommen war, aber sie würde ihn zurechtweisen, wenn er es wagte, sich ihr zu nähern.

Zum hundertsten Mal wünschte sie sich, es wäre möglich gewesen, ihn tagsüber zu besuchen, aber es hatte keine Alternative gegeben. Die Einwohner Londons hätten gesehen, wie sie sein Haus betrat und das wäre das Ende ihres sorgfältig gepflegten Rufs gewesen. Sie zuckte zusammen, als eine dunkle, satte Stimme hinter ihr ertönte.

Vaughn Darlington, der Viscount, der von der Gesellschaft als der *Teufel von London* tituliert wurde. Seine Stimme ließ ein Kribbeln der Erregung und Angst in ihr aufsteigen. Instinktiv machte sie einen Schritt zurück in Richtung der Tür.

„So schnell bereit wieder zu fliehen? Ich hätte gewettet, dass Ihr mutiger seid als das, Miss Darby. Oder sollte ich Euch in Anbetracht der späten Stunde und der Art dieses Treffens vielleicht Perdita nennen?"

Seine Wortwahl stieß ihr auf und sie schob die Kapuze ihres Umhangs wütend zurück, um sich besser im Raum umzusehen zu können. An einer Wand stand ein Himmelbett und im Kamin knisterte ein Feuer. Der Holzboden zeigte staubige Umrisse, wo vor kurzem noch Teppiche gelegen hatten. Die dunkelgrünen Brokatvorhänge über dem Bett waren verblasst und ein paar Ringe fehlten, sodass der Stoff an einigen Stellen herunterklaffte. Abgenutzte und abblätternde Seidentapeten, die Männer auf der Jagd im Wald darstellten, bedeckten die Wände. Ein einst schöner Kleiderschrank stand in einer Ecke, aber eine Tür fehlte. Auf dem Rasiertisch stand ein weißes Porzellanbecken mit einem großen Riss an der Seite.

Die männliche Ausstrahlung des Raumes war überwältigend, genau wie der Mann selbst, aber die Umstände und der Zustand seiner Räume erfüllten sie mit einem seltsamen Mitleid, das sie verstummen ließ, als sie ihre Aufmerksamkeit auf den Mann selbst richtete.

Lord Darlington saß auf einem abgenutzten, alten Stuhl. Er war groß, breitschultrig und hatte einen gefährlichen Ausdruck in seinem allzu schönen Gesicht. Mit seinen stechend blauen Augen und dem hellblonden Haar hätte Darlington für einen Engel gehalten werden können, wäre da nicht dieser sinnliche, verruchte Schwung seiner Lippen gewesen. Er trug helle Hosen und ein weißes Reithemd mit einer dunkelblauen Weste. Seine Krawatte war gelöst und lag lose über der Rückenlehne eines Stuhls.

Perditas Herz schlug schneller. Sie hatte noch nie in einem Raum mit einem Mann gestanden, der nur teilweise bekleidet gewesen war. Sie zwang sich, sich auf die bevorstehende Aufgabe zu besinnen.

„Lord Darlington, ich komme mit einem Vorschlag." Ihr Ton war brüsk und hatte etwas Geschäftliches an sich. Hier ging es nicht um Verführung, ganz gleich, wie sündhaft er sie sich fühlen ließ. Obwohl sie diese Rede schon ein Dutzend Mal geprobt hatte, war sie nicht auf die seltsamen und beängstigenden Gefühle vorbereitet gewesen, die sie jetzt überfielen, während sie allein mit ihm sprach.

Er verschränkte seine Arme, während er sie mit diesem verruchten Zug seiner Lippen studierte, was ihren Atem beschleunigte. Sie bewegte sich an Ort und Stelle und ihre Stiefel scharrten leise auf dem Holzboden.

„Erzählt mir mehr." Er kicherte und schien ihr Unbehagen zu genießen.

„Nun, wisst Ihr..." Sie sprach zögernd, immer noch gedemütigt darüber, dass sie hier war und ihn um seine Hilfe anflehte. „Ich muss einen ungewollten Heiratsantrag verhindern." Sie verschränkte nervös die Finger, während sie ihre Handschuhe auszog. „Meine Mutter hat einen gewissen Gentleman davon überzeugt, dass ich bereit bin, sein Angebot in Betracht zu ziehen, obwohl ich das ganz sicher nicht bin."

Sie versuchte, nicht an Mr. Samuel Milburn zu denken und daran, wie dieser Mann ihr klargemacht hatte, dass er sie in ein Leben einsperren würde, das sie langsam umbringen würde. Sie konnte immer noch vor ihrem geistigen Auge sehen, wie er sich dicht zu ihr lehnte und flüsterte: *„Die Frau, für die ich sorge, weiß es besser, als die Gesellschaft anderer zu suchen, wenn ich doch genug ihrer Zeit in Anspruch nehme. Mein Haus hat alles, was Ihr braucht, also will ich kein Gerede über Reisen oder Ausgehen hören. Es würde Euch nur von Eurer Pflicht ablenken, die darin besteht, mir zu gefallen."*

Er war ein Rüpel und ein Tyrann und Schlimmeres, aber Perditas Mutter glaubte trotz ihres ehrgeizigen Wesens normalerweise nicht an gesellschaftlichen Klatsch.

Perdita schon. Sie hatte gehört, dass Milburn eine Frau aus einem Fenster in den Tod gestoßen hatte, aber da die Frau seine Geliebte war, wurden keine Fragen gestellt. Man hatte es als unglücklichen Unfall abgetan. Alles, was Perdita mit Sicherheit wusste, war, dass dieser Mann ein Monster war. Sie hatte versucht, ihrem Vater und ihrer Mutter zu erzählen, was sie gehört hatte, aber ihre Worte waren als leeres Gerede abgetan worden. Wäre ihr älterer Bruder Thomas nicht zur See gefahren, um in der königlichen Marine Seiner Majestät zu dienen, hätte sie ihn um Hilfe gebeten.

Perditas Erfahrung nach war es eine schreckliche Last, eine reiche Erbin zu sein. Es drückte ihr einen Stempel auf. Sie hatte sich in den letzten Jahren gegen einige Glücksritter gewehrt, aber ein Mann wie Milburn war auf andere Weise gefährlich. Ihm ging es nicht um ihr Geld, sondern darum, ihren Geist zu brechen und sie vielleicht sogar zu töten, wenn sie ihm nicht gab, was er wollte. Sie war für ihn nicht mehr als ein Spielball.

Sie hatte den Fehler gemacht, ihn im letzten Herbst auf einer Dinnerparty kennenzulernen und er hatte sich sofort für sie interessiert, nachdem er erfahren hatte, dass sie keine andere war als Miss Darby, die beliebteste Lady der Gesellschaft, die alle mit ihrem Lob und ihren vielen Einladungen zu erfreuen suchten.

Perdita hatte nicht absichtlich einen solchen Ruf kultivieren wollen, sondern es hatte sich ganz natürlich ergeben. Aber für Milburn wurde sie zu einem Preis, den er gewinnen und dann ersticken und zerstören wollte. Sobald er sie im Visier hatte, war er in der Lage gewesen, einen Plan auszuhecken, der ihre Familie zerstören und sie damit erpressen konnte, seinen Vorschlag anzunehmen.

„Was hat das mit mir zu tun? Oder wolltet Ihr nur in meine Laken purzeln, um nicht irgendeinen dummen jungen Bock zu heiraten? Ich mache mir nicht viel daraus, Unschuldige zu ruinieren, aber in Eurem Fall könnte ich eine Ausnahme machen", erklärte Darlington, seinen scharfen Blick auf sie gerichtet.

Perdita überlegte, ob sie ihn daran erinnern sollte, dass

er tatsächlich versucht hatte, ihre unschuldige Freundin wegen einer Wette zu ruinieren, aber sie überlegte es sich anders. Sich jetzt mit ihm zu streiten, würde ihr nicht dabei helfen, seine Unterstützung zu erlangen.

„Ich möchte Eure Dienste in Anspruch nehmen." Sie konnte die Worte immer noch nicht wirklich aussprechen. Es war zu erniedrigend.

„Meine Dienste?" Er bewegte sich leicht und verzog seine sinnlichen Lippen.

„Welche Dienste benötigt Ihr denn von mir?" Als Darlington das Wort *Dienste* aussprach, klang es sündhaft, verrucht.

„Ich möchte Euch anheuern, damit Ihr so tut, als seid Ihr mit mir verlobt. Öffentlich. Keine echte Verlobung. Nur für ein paar Monate, um einen anderen Gentleman abzuschrecken, damit er mich in Ruhe lässt." Perdita blickte zu Boden und spielte mit ihren Handschuhen. Sie setzte darauf, dass Milburn das Interesse verlieren würde, wenn er glaubte, dass es einen weiteren Bewerber um ihre Hand gab.

Seine Augen wurden winterlich, fast kühl, während sie auf ihre zitternden Hände niederblickte. „Ich soll also Euren Verlobten spielen? Was soll meine Belohnung dafür sein, dass ich den Kerl verscheuche?" Darlington stand auf und lehnte sich an den Stuhl, aber Perdita war sich seiner mehr denn je bewusst. Der Abstand zwischen ihnen schien jede Sekunde weiter zu schrumpfen.

„Ich werde Euch bezahlen. Ich habe Zugriff auf einen

Teil meiner Mitgift. Sie ist in einer Privatbank bei Lady Rosalind Lennox angelegt. Mein Vater hat die Gelder in seinem Namen angelegt, aber er erlaubt mir, eine gewisse Kontrolle darüber zu haben."

Darlington strich sich über sein Kinn. „Ich brauche eine dauerhaftere Lösung als einen vorübergehenden Geldfluss. Ihr habt ein Konto bei Lady Lennox?" Er starrte sie weiterhin mit diesem abschätzenden Blick an und sie befürchtete plötzlich, dass er nicht zustimmen würde. Dass er in Erwägung ziehen könnte, sie direkt um ihr Geld auf der Bank zu erpressen, indem er ihren Besuch in seinem Stadthaus öffentlich machte. Sicherlich würde er das nicht wagen.

Als er Perdita immer noch erwartungsvoll anstarrte, merkte sie, dass er eine Antwort auf seine Frage erwartete. Sie nickte.

„Dann seid Ihr mit Lord Lennox, ihrem Ehemann, bekannt? Er ist ein wählerischer, aber erfolgreicher Investor. Ich möchte an dem Projekt beteiligt sein, in das er als Nächstes investieren will."

Perdita nickte erneut. Sie kannte Rosalind Lennox gut, aber ihren Ehemann, Ashton Lennox, kannte sie nur flüchtig. Vielleicht konnte sie Rosalind dazu überreden, Darlington zu erlauben, bei ihrem Mann zu investieren. Sie hoffte nur, eine solche Bitte würde ihrer Freundin nicht unpassend erscheinen. Es war ein Risiko, das sie eingehen musste, um eine Heirat mit einem Mann wie Samuel Milburn zu vermeiden.

„Ich glaube, ich kann ein Treffen arrangieren. Was die Frage angeht, ob er Euch erlaubt, zu investieren…" Das konnte sie auf keinen Fall garantieren.

Darlington stieß sich vom Stuhl ab und kam auf sie zu. Diese einfache Handlung schien alles zwischen ihnen zu verändern. Vorher hatte er nicht so bedrohlich gewirkt. Aber jetzt, mit seiner überragenden Gestalt so nah, fühlte sie sich wie ein kleines Kaninchen, das einem sehr großen Wolf gegenüberstand. Sie wusste, dass er groß war, aber als sie nur Zentimeter von ihm entfernt stand, fühlte sie sich auf eine Weise klein und weiblich, wie sie es noch nie zuvor gewesen war. Es dauerte einen Moment, bis sie wieder zu Atem kam. Sie musste ihren Kopf in den Nacken legen, um zu ihm aufzusehen.

„Ich nehme an, das wäre gut genug. Aber Ihr wisst, sobald wir diese Scharade begonnen haben, wird jeder erwarten, dass wir heiraten." Es klang, als wollte er sie warnen.

Sie würden niemals heiraten. Wenn sie sich einer Sache sicher war, dann war es, dass sie nie den Teufel von London heiraten würde.

„Dessen bin ich mir bewusst. Nach einer Zeit, die ich für klug halte, könnt Ihr unsere Verlobung auflösen und so weitermachen, wie Ihr wollt." Sie musste sich vollkommen sicher sein, dass Samuel Milburn nicht mehr an ihr interessiert war, erst dann konnte sie einen öffentlichen Bruch mit Lord Darlington riskieren. Andernfalls wäre der Ruf ihrer Familie ruiniert und ihrem Vater drohten möglicherweise Strafen nach englischem Recht.

Seine Lippen verzogen sich zu einem amüsierten Lächeln. „Und Ihr seid bereit, der Gesellschaft zu trotzen, nachdem Ihr von mir sitzengelassen wurdet?" Das wölfische Lächeln, das sich über seine Lippen stahl, war nicht gerade beruhigend. „Ich bezweifle, dass irgendein anderer Mann Euch haben will, nachdem ich Euer Geliebter war."

„Wir wären kein Liebespaar, sondern nur verlobt."

Darlington lachte leise. „Jede Frau, die ich um ihre Hand anhielte, wäre sicherlich vorher meine Geliebte. Ich würde keine Frau heiraten wollen, wenn ich nicht sicher wäre, dass ich die Zeit mit ihr im Bett genieße."

Sie ignorierte seine skandalösen Worte. „Von jemandem wie Euch sitzengelassen zu werden, selbst wenn einige annehmen, dass wir ein Liebespaar waren, ist besser, als wenn ein Mann wie Samuel Milburn einen Weg findet, mich zu kompromittieren. Ich weiß, was für ein Mann er ist. Und so unglaublich es auch ist, er ist schlimmer als Ihr." Sie zog ihre Schultern zurück und starrte ihn an, als wolle sie ihn herausfordern, diesen Punkt zu bestreiten.

„Milburn?" Darlingtons Augen weiteten sich. „Das ist der Mann, der Euch nachstellt?"

„Ja. Kennt Ihr ihn?"

Er nickte langsam. „Ja, leider. Wir sind uns in verschiedenen Clubs über den Weg gelaufen." Er hielt inne, als müsste er seine nächsten Worte sorgfältig wählen. „Die meisten sehen ihn als einen reizenden Gentleman, der nichts falsch machen kann. Andere kennen ihn so wie ich. Manche würden sagen, er und ich haben einen ähnlichen Geschmack, wenn es um Schmerzen geht. Nicht darin, sie zu empfangen, sondern darin, sie zu verursachen."

„Eine Vorliebe für Schmerz?" Perdita erschauderte. Sie hatte gehört, dass Milburn seine Geliebte aus dem Fenster geworfen hatte. Jede Zukunft mit einem solchen Mann würde ihr Schicksal besiegeln, aber von Darlington hatte sie nicht das Gleiche gehört. Er war nicht grausam, obwohl sie gehört hatte, dass er unmöglich verrucht war. Selbst ein flüchtiger Handkuss könnte einen Skandal auslösen. Ladys auf Bällen ergriffen die Flucht, wie ein Vogelschwarm in Seide und Tüll gekleidet, wenn er auftauchte.

„Ja." Darlingtons Augen waren wieder auf ihr Gesicht gerichtet. „Wir brauchen etwas anderes in unserem Bettspiel." Er hielt wieder inne, seine Augen dunkel und unergründlich, als er sie anstarrte. „Aber im Gegensatz zu ihm ist mein Ziel immer das Vergnügen. Eine weinende, verletzte Frau ist für mich nicht erregend. Aber es bringt Milburns Blut zum Brennen."

Darlingtons kühne Worte zu einem solchen Thema ließen sie einen weiteren Schritt zurücktreten.

„Ihr mögt es, im Bett *Schmerzen* zu verursachen?" Sie hasste es, wie ihre Stimme zitterte, als sie die Worte aussprach. Sicherlich hätte das Geflüster darüber sie erreicht, wenn das wahr wäre. „Es war ein Fehler herzukommen. Ich sollte..."

Er griff nach ihr und legte eine Hand sanft an ihre Wange, als sie versuchte, sich von ihm zu entfernen. Dann schlang er einen starken Arm um ihre Taille, sodass ihr Mantel über ihrem Po baumelte. Sie war gezwungen, ihm ins Gesicht zu sehen und zu hören, was immer er zu sagen wünschte.

„Es gibt zwei Arten von Schmerz, meine Liebste. Die eine ist leicht, erwartet und führt zu intensivem Vergnügen. Die andere ist egoistisch und Teil eines Bedürfnisses, grausam und hart zu sein. Ich bevorzuge die erste, nicht die letztere."

Seine Worte ergaben keinen Sinn. Schmerz war Schmerz, nicht wahr? Sie rümpfte die Nase und bereitete sich darauf vor, das zu bestreiten, aber sie hatte keine Gelegenheit dazu. Er senkte den Kopf und nahm ihren Mund mit dem seinen gefangen. Perdita war wie erstarrt vor Schock. Das Gefühl seiner weichen, warmen Lippen, die sich über ihren Mund bewegten, war seltsam, aber zunehmend reizvoll.

Sie war noch nie geküsst worden, hatte sich aber oft vorgestellt, wie es sich anfühlen würde. Sie ahmte seinen Mund nach und keuchte, als er mit seiner Zunge über ihre Lippen fuhr. Das samtige Gefühl seiner Zunge, die ihre Lippen berührte, war sündhaft und dekadent zugleich. Ihre Knie wurden schwach unter ihren schweren Röcken. Sie umklammerte seine Schultern, versuchte verzweifelt, den Halt nicht zu verlieren. Die Hitze zwischen ihren

Mündern intensivierte sich und ein berauschendes, benommenes Gefühl begann durch ihre Glieder und in ihren Unterleib zu schleichen. Sie könnte das stundenlang tun...

Seine Lippen wanderten ihren Hals hinunter, genau dorthin, wo ihr Mantel ihre Schultern bedeckte. Er drückte einen Kuss darauf und biss dann plötzlich leicht in ihre Schulter. Der Biss sandte einen Ruck durch sie und ein heftiger, schockierender Puls schlug zwischen ihren Schenkeln. Perdita wimmerte und versuchte, sich wegzudrücken, nicht weil es weh tat, sondern weil der Rausch der Empfindungen zu viel gewesen war. Sie hatte noch nie...

„Das, meine Liebste, ist Schmerz gemischt mit Vergnügen", flüsterte Darlington an ihrer Kehle und hielt sie immer noch fest, sodass sie nicht entkommen konnte. Schauer liefen ihr über den Rücken und sie schloss die Augen. Es war beängstigend. *Er* war beängstigend, aber ein Teil von ihr wollte mehr von dem verstehen, was er ihr zeigte.

Von dem Moment an, als sie ihn zum ersten Mal auf der Gartenparty ihrer Mutter ein paar Monate zuvor gesehen hatte, war sie von seinen Geheimnissen fasziniert gewesen. Sie würde es nicht leugnen. Jede anständige junge Lady hätte es sich nicht erlaubt, sich von einem so berüchtigten Schurken faszinieren zu lassen, aber jetzt fragte sie sich mehr denn je, ob sie vielleicht nicht so anständig war, wie sie sein sollte.

Darlington ließ langsam ihre Taille los, aber die Hand, die immer noch ihre Wange umschloss, schien ihre Haut zu verbrennen. Er strich mit dem Daumen über ihre Lippen und hinterließ ein kribbelndes Gefühl, das von ihrem Mund bis hinunter zu ihren Zehen wanderte. Sie hob ihre Augen zu seinen und ihre Welt drehte sich um die eigene Achse, als sie zu ihm aufblickte. Nach diesem Kuss gab es kein Zurück mehr. Sie hatte in den verbotenen Apfel gebissen und der Saft haftete süß auf ihren Lippen.

„Ihr zittert immer noch", stellte er fest, seine Stimme tief und sanft, aber anstatt sie zu beruhigen, fühlte sie sich dadurch erregt.

„Ist es immer so?", fragte sie und wunderte sich, warum ihre Mutter nie erwähnt hatte, dass sich Münder in einem solchen Feuer treffen konnten, als sie die Möglichkeiten besprochen hatte, wie Männer und Frauen zusammen sein konnten.

Darlington berührte noch einmal ihre Lippen, bevor er seine Hände sinken ließ. „Nicht immer. Zu viele Ehen werden auf dem falschen Fundament aufgebaut und Leidenschaften werden selten berücksichtigt." Er wandte sich von ihr ab, ging zum Feuer hinüber und legte eine Hand auf den Mantel, während er in die Flammen blickte.

„Wenn Ihr dieses Spiel spielen wollt, Miss Darby, muss es überzeugend gespielt werden. Milburn wird eine bloße Erklärung unserer Verlobung nicht akzeptieren. Er kennt mich zu gut. Er ist außerdem nicht der Typ, der leicht aufgibt." Darlingtons Gesicht wurde vom Feuerschein erhellt. Einen Moment lang sah er mehr wie Hades, der griechische Gott der Unterwelt, aus, als wie ein einfacher Londoner Schürzenjäger. Perdita war hingerissen von seinem Anblick. Er war eine Verlockung, der sie nicht widerstehen konnte. Wie viele Frauen hatten vor ihr sein Gemach betreten und waren seinem Bann verfallen?

„Was genau habt Ihr im Sinn?"

„Ich nehme an, Ihr erinnert Euch an den Vorfall mit Alexandra Rockford in meinem Haus? Eine öffentliche Zurschaustellung. Das ist es, was ich meine. Milburn wird uns in einer kompromittierenden Position sehen müssen." Er drehte sich zu ihr um. „Und das bedeutet mehr als einen einfachen Kuss."

Perdita biss sich auf die Unterlippe. Mehr als ein einfacher Kuss? Nicht für sie. Dieser Kuss war ihr Verhängnis gewesen. Sie war klug genug, um zu wissen, dass er ihr Leben in ein paar kurzen Minuten verändert hatte.

„Wenn es mir hilft, Samuel Milburn zu entkommen, dann bin ich bereit, alles zu tun, was nötig ist." Sie hob ihr Kinn und erntete von ihm ein langsames Lächeln, das sie erröten ließ.

„Was ist?", fragte sie, als er sie weiter anlächelte.

„Ich hätte nie gedacht, dass Ihr zustimmen würdet. Von allen Ladys scheint Ihr diejenige zu sein, die..."

Perdita kniff die Augen zusammen. „Diejenige, die...?"

„Sagen wir, ich bin überrascht über Eure trotzige Ader, das ist alles."

Perdita starrte ihn herausfordernd an. „Ich benehme

mich in der Öffentlichkeit angemessen, bin eine pflichtbewusste Tochter und eine wohlerzogene Lady, aber Ihr habt keine Ahnung, was für eine Frau ich wirklich bin." Das hatte er wirklich nicht. Sie war eine Lady, versiert in der Konversation, eine charmante Gastgeberin, eine Freude für die Gesellschaft. Aber das war nicht alles, was sie war. Es gab noch andere, verborgene Seiten an ihr, die sie nicht zu offenbaren wagte.

Darlingtons Augen funkelten verschmitzt. „Nun, *das* ist höchst interessant. Als Euer Verlobter werde ich es zu meiner heiligen Pflicht machen, diese verborgenen Facetten Eures Charakters aufzudecken."

Sie legte den Kopf schief und musterte ihn eingehend. „Wie steht es dann mit Euren Diensten?" Sie wollte diese Angelegenheit so geschäftsmäßig zwischen ihnen halten, wie es ihr möglich war. Er würde ihr zweifellos mit seinen Küssen den Verstand rauben, aber wenn sie standhielt und sie beide stets daran erinnerte, dass es nur ums Geschäft ging und um nichts anderes, dann würde sie diesen Pakt mit dem Teufel vielleicht mit intaktem Herzen überstehen.

„Ich habe noch eine letzte Frage, bevor ich zustimme. Und ich verlange eine ehrliche Antwort."

Sie wog das Risiko, seine Unterstützung zu verlieren, gegen jede Frage ab, die er fragen könnte und nickte dann. „Stellt Eure Frage."

„Welchen Einfluss hat Milburn auf Euch, dass er Euch in solche Angst versetzt? Ich glaube nicht einen Moment lang, dass Eure Eltern Euch zwingen würden, eine Verbindung mit ihm einzugehen, selbst wenn er Euch mit einem Skandal in den Abgrund ziehen würde. Nein, es gibt etwas, das Euch fürchten lässt, dass Ihr keine andere Wahl habt, als zu akzeptieren, wenn er Euch nachstellt." Darlington spielte mit den Manschetten seines rechten Ärmels. „Was hat er gegen Euch in der Hand, Miss Darby?"

Es war die eine Frage, die sie nicht beantworten wollte, aber sie wusste, dass sie es musste.

„Unter vier Augen hat er behauptet, er könne beweisen, dass mein Vater in den Schmuggel von Waren nach England und die Hinterziehung von Steuern verwickelt war." Sie zögerte und hoffte, dass sie Darlington solche Informationen anvertrauen konnte.

„Und ist er es? Schuldig, meine ich?"

„Nein! Ich meine, das soll heißen, *er* ist es nicht. Aber ich fürchte, die Männer, mit denen er zusammenarbeitet, könnten sehr wohl schuldig sein. Ich glaube, Milburn könnte sogar mit ihnen zusammenarbeiten, um meinen Vater zu überlisten. Leider habe ich keine Möglichkeit, sie aufzuhalten. Wenn ich ihn heirate, so sagt er, wird er die Beweise vernichten, aber wenn ich das nicht tue..."

„Und Ihr glaubt, dass eine Verlobung mit mir ihn aufhalten wird?"

„Das muss es", flüsterte sie. „Wenn er mich nicht mehr begehrt, hat er keinen Grund, seine Drohungen wahrzumachen. Und Ihr seid einer der berüchtigtsten

Männer in ganz London. Wenn er keine Angst vor Euch hat und versucht, sich das zu nehmen, was Euch gehört, wie zum Beispiel eine zukünftige Ehefrau, dann wäre er verrückt."

Darlingtons Lippenwinkel zuckten. „Das ist sicherlich wahr. Ich würde nicht zögern, jeden zu vernichten, der es wagt, mir zu nehmen, was mir gehört, vor allem wenn es um eine Frau geht. Nun gut, ich bin mit diesem Plan einverstanden, so verrückt er auch sein mag." Darlington streckte ihr eine Hand entgegen. „Sollen wir uns darauf einigen?" Seine Miene war ernst, bis auf den bösen Schimmer in seinen Augen. Ein Schimmer, der versprach, dass jeder Moment mit ihm eine köstlich sündige Qual sein würde.

Perdita legte ihre Handfläche in seine. „Wir haben eine Abmachung."

„Einverstanden." Er drehte ihre Hand in seiner und hob sie an seine Lippen.

„Gut." Sie zögerte und genoss das Gefühl seiner Lippen auf ihren nackten Fingern, bevor sie ihre Hand aus seiner zog. „Meine Mutter gibt eine Weihnachtsfeier auf unserem Anwesen in Lothbrook. Ich werde dafür sorgen, dass Ihr eingeladen werdet. Bitte bringt Euren Kammerdiener mit. Er soll genug Kleidung einpacken, damit es bis Weihnachten reicht."

Darlington nickte, aber als sie sich zum Gehen wandte, hielt er sie auf.

„Ja? Lord Darlington?" Sie beäugte seine Hand auf

ihrem Arm. Er ließ sie nicht los. Ein anderer Mann wäre unter ihrem Blick zurückgewichen.

„In Anbetracht unserer neuen Intimität würde es mir gefallen, Vaughn genannt zu werden, wenn wir allein sind."

„Vaughn." Sie testete den Klang seines Vornamens und hasste es, dass es ihr gefiel, wie geschmeidig er ihr über die Zunge ging.

„Und ich erwarte, dass ich Lord und Lady Lennox noch in diesem Jahr vorgestellt werde. Wird das möglich sein?"

Perdita nickte. „Ja. Ich werde es so bald wie möglich arrangieren."

„Gut." Er legte ihre Hand auf seinen Arm. „Lasst mich Euch hinausbegleiten."

„Wirklich, Mylord... Vaughn. Das ist nicht nötig."

„Ich muss es üben, die Rolle des Gentleman zu spielen. Ich fürchte, ich bin ein wenig eingerostet."

Perdita schwieg, während er sie die Treppe hinunterführte und die Tür öffnete. Sie hielt inne, als der eisige Wind sie erreichte. Sie blickte ihn noch einen Moment lang an, bevor sie die Kapuze ihres Mantels erneut über ihren Kopf zog und ihre Gesichtszüge verbarg. Dann eilte sie zur wartenden Kutsche und kletterte hinein. Durch die Vorhänge riskierte Perdita einen letzten Blick auf Vaughn. Er stand dort in der offenen Tür ohne Mantel. Sie erinnerte sich an die Wärme seines Körpers, der sich an ihren gepresst hatte und erzitterte, aber nicht vor Kälte.

Wie seltsam, eine Abmachung mit Vaughn, dem

Viscount Darlington, getroffen zu haben. Sie waren nun aneinandergebunden und obwohl sie in ihrer Mission vereint waren, fühlte sie sich unglaublich allein. Sie wünschte, sie könnte mit ihrer lieben Freundin Alexandra sprechen, aber sie war die letzte Person, der Perdita sich anvertrauen konnte, wenn es um Vaughn ging.

Als Vaughn damals Alex entführt hatte, war es eine schreckliche Tortur gewesen, selbst nachdem Vaughn ihr offenbart hatte, dass er nie die Absicht gehabt hatte, ihr etwas anzutun. Sobald Alex von ihrer angeblichen Verlobung mit Vaughn erfuhr, würde sie zweifellos zu Perdita eilen und versuchen, ihrem Wahnsinn Einhalt zu gebieten. Es war kein Treffen, auf das sich Perdita freute, aber sie und Alex hatten so unterschiedliche Ansichten darüber, wie man mit der Gesellschaft umgehen sollte. Alex hatte sich vor der Öffentlichkeit versteckt, während Perdita sie mit offen Armen willkommen geheißen hatte.

Perdita brauchte Vaughns gefährlichen Ruf. Es war ihr letzter Schutzschild, den sie gegen Samuel Milburn hatte. Es war etwas, was ihre liebe Freundin nicht verstehen würde, weil sie nicht das Ziel von Milburns bösen Absichten war. Perdita hatte ihre Seele an einen geringeren Teufel verkauft, um sich vor einem schlimmeren zu schützen.

Sie betete nur, dass ihr Plan aufgehen würde, sonst war sie dem Untergang geweiht.

❧ 2 ❦

Vaughn Darlington sah zu, wie die Kutsche in der winterlichen Nacht verschwand. Sein Lächeln verblasste, als der Abstand zwischen ihm und Perdita Darby wuchs. Er war ein wenig melancholisch, denn nach dem Wirbelwind der letzten halben Stunde nach zu urteilen, würde der Rest der Nacht nur halb so aufregend werden. Er war teilweise immer noch amüsiert über diese junge Schönheit... ihre Hartnäckigkeit, ihren Mut, sogar ihre Unbekümmertheit, sich jemandem mit seinem Ruf in seinem Schlafgemach zu nähern. Noch dazu um Mitternacht.

Ein Angebot, hatte sie gesagt. Und was für ein Angebot es war. Die Pechsträhne, die ihn so lange belastet hatte, schien sich zum Besseren zu wenden, und das alles wegen eines kleinen Mädchens vom Lande, das eine gute Intuition hatte, wenn es um die dunkle Seite von Samuel Milburn ging.

Sein Lächeln wurde grimmig. Sie dachte tatsächlich, sein vorgetäuschtes Interesse an ihr würde Milburn abschrecken, aber Vaughn kannte Milburn besser als sie. Ihr Plan würde einen Mann wie Milburn nicht abschrecken. Er war ein wahrer Bastard, eine Gefahr für das schöne Geschlecht, und er würde einen Weg finden, das einzufordern, was seiner Meinung nach rechtmäßig ihm gehörte.

Doch Vaughn war nicht in der Lage gewesen, ihr zu sagen, dass was auch immer er mit ihr tat, nicht genug sein würde, um Milburn aufzuhalten. Nicht ausschließlich. Vaughn konnte nur hoffen, dass ihre kleine Scharade ihm eine Chance geben würde, zu verhindern, was immer Milburn auch vorhatte.

Er dachte an ihr größeres Problem. Ein Druckmittel. Das war es, was Milburn hatte. Solange er diese Beweise über Miss Darbys Vater besaß, falls sie überhaupt existierten, würde er in der Lage sein, sie unter Druck zu setzen und zu erpressen. Zuerst würde er verlangen, dass sie ihre Verlobung auflöste, dann würde er abwarten, bis er sie dazu bringen würde, seinen eigenen Antrag anzunehmen. Das war die typische Vorgehensweise dieses Bastards. Aber ohne diesen Beweis hätte er keinen Einfluss mehr auf Perdita.

Vaughn würde seinen Butler darauf ansetzen. Craig war weit mehr, als er zu sein schien, und er war nicht immer nur ein Butler gewesen. Er hatte seine Art, Männer dazu zu bringen, die Wahrheit zu sagen. Wenn irgendjemand der Sache auf den Grund gehen konnte, dann war er es.

Seine Gedanken drehten sich wieder um Perdita und ihre Reaktion auf den Liebesbiss, den er ihrer Schulter hatte angedeihen lassen. Vaughn war zwar berüchtigt für seine Vorliebe für Schmerz gemischt mit Vergnügen im Bettspiel, aber er verletzte seine Bettpartnerinnen nie. Milburn jedoch hatte seine letzte Geliebte umgebracht, so hieß es zumindest. Die Gerüchte wurden in den schäbigsten Clubs verbreitet, und als Vaughn davon hörte, war er sofort von dem Mann angewidert gewesen. Ohne Beweise gab es allerdings keinen Grund, den Fall vor Gericht zu bringen. Milburn als Gentleman würde einer Anklage entgehen.

Die Affäre hinterließ einen sauren Geschmack in Vaughns Mund, weshalb er zugestimmt hatte, Perdita zu helfen. Er kannte Milburn und andere seines Schlages. Der Mann würde vor nichts Halt machen, bis er mit ihr verheiratet war, und dann würde das Gesetz nichts unternehmen, sobald ihr neuer Ehemann seine grausame Ader offenbarte.

Perdita war in Gefahr, und die einzige Möglichkeit, dem abzuhelfen, war, ihr den ultimativen Schutz zu bieten, seinen Namen. Als seine Ehefrau. Das war der Grund, warum er so lange gebraucht hatte, um ihr eine Antwort zu geben. Sie hatte keine Ahnung, dass das, was sie wirklich brauchte, eine echte Hochzeit war, nicht eine falsche Verlobung. Und normalerweise hätte er ihren Vorschlag abgelehnt.

Aber etwas an Perdita hatte seine Meinung geändert. Es geschah ganz subtil im Laufe ihres Gesprächs. Wie sie in seinen Armen dahin geschmolzen war, als er sie geküsst hatte. Die Art, wie sie ihn herausgefordert hatte, als er sie daran erinnert hatte, dass ihr Ruf am Ende ihrer Scharade zerstört sein würde. Die Tatsache, dass sie ein charmantes und doch unschuldiges Landmädchen war, das mit Feuer und Bravour antwortete. Sie hatte ihn fasziniert, als sie in sein Schlafgemach gestürmt war, wo es keine Anstandsdame gab, die sie aus seinen Fängen hätte retten können. Nichts davon war gespielt gewesen. Perdita war eine Frau, die es wert war, umworben zu werden, eine Frau mit Geheimnissen und Leidenschaften und einem ganz eigenen Geist. *Das* war eine Frau, die er heiraten konnte.

Ein Lächeln schlich sich wieder auf sein Gesicht, und dieses Mal war es eines von zögerlicher Vorfreude.

Vaughn ging in den Salon und näherte sich dem Tablett mit den Getränken, das sein Butler vorbereitet hatte. Er schenkte sich ein Glas Brandy ein, bevor er sich in den Sessel neben dem Feuer niederließ, das gerade noch glühte. Er nippte an seinem Getränk und genoss den Geschmack, während er über die einzigartige Gelegenheit nachdachte, die Perdita ihm heute Abend geboten hatte.

Es war schon so lange her, dass er sich auf etwas gefreut hatte. Seit seine Eltern vor fünf Jahren gestorben waren, steckte er zu tief in Schulden, um sie aus eigener Kraft zu begleichen. Ganz gleich, was er tat, er schien verdammt zu sein. Er hatte seinen Landsitz schließen müssen, seine gesamte Belegschaft bis auf eine Haushälterin entlassen und das Personal in seinem Londoner Stadthaus reduzieren müssen.

Seine einzige Möglichkeit, über die Runden zu kommen war es, in den Londoner Clubs Wetten zu gewinnen, und selbst diese Quelle versiegte mit der Zeit. Jeder Mann in jedem größeren Club wusste es inzwischen besser als große Einsätze zu tätigen, wenn sie ihn am Spieltisch antrafen. Seine Fähigkeit zu gewinnen, hätte helfen sollen, die Schulden seiner Familie zu begleichen, aber nicht einmal die leichtgläubigsten Burschen waren dumm genug, ihr Glück im Spiel gegen ihn zu versuchen.

Innerhalb weniger Monate war er als *Teufel von London* bekannt geworden. Der Spitzname hatte ihn nicht so sehr aus der Fassung gebracht, wie er anfangs gedacht hatte, aber er hatte die Männer davon abgehalten, auch nur ein einfaches Kartenspiel mit ihm zu spielen. Seine Freunde waren mit Sicherheit nicht mit seinem Verhalten einverstanden, und in den letzten Jahren hatten ihn die meisten im Stich gelassen.

Natürlich hatte er andere Dinge getan, schlimmere Dinge, um seine Freunde zu vertreiben. Im Herbst hatte er sich an Whites berüchtigtes Wettbuch gewandt und eine Summe von fünftausend Pfund für die öffentliche

Verführung einer jungen Frau namens Alexandra Rockford, Perditas bester Freundin, angenommen.

Entführungen waren für ihn überhaupt nicht reizvoll, es sei denn natürlich, die Lady wollte entführt werden. Er hatte dieses spezielle Spiel mehr als ein paar Mal mit erfreulichen Ergebnissen gespielt, aber Alexandra zu entführen war... *furchtbar* gewesen.

Er gönnte sich einen Moment des Selbsthasses. Die Nacht, in der er Alexandra in sein Londoner Stadthaus gebracht hatte, um ihren Ruin um einer Wette willen vorzutäuschen, hatte einen dunklen Fleck auf seiner Seele hinterlassen. Er hasste sich selbst weit mehr als je zuvor, und das zeigte, wie verzweifelt er wirklich geworden war. Diese Abscheu hatte sich verdreifacht, bis sie eine Narbe auf seinem Herzen hinterlassen hatte. Eine, von der er bezweifelte, dass sie jemals heilen würde.

Als er heute Abend Perdita vor seiner Tür vorfand, hatte er nicht erwartet, etwas zu fühlen. Und doch hatte er es. Sie hatte ihre Kapuze heruntergezogen, und ihr braunes Haar hatte sich im Lampenlicht in ein brüniertes Bronze verwandelt. Ihre Augen, ein sanfter Braunton wie Topassteine, waren warm wie Honig gewesen. Sein Körper brannte vor Verlangen, wie schon lange nicht mehr. Wenn das nicht Grund genug war, das Mädchen zu heiraten, war er sich nicht sicher, was es sonst sein sollte.

Er verließ den Salon und machte sich auf die Suche nach seinem Butler. Er fand den älteren Mann in seinem Arbeitszimmer im Untergeschoss des Stadthauses.

„Mr. Craig, ich habe eine Aufgabe für Sie."

Der Butler blickte von den Papieren auf seinem Schreibtisch auf. Er warf Vaughn einen abschätzenden Blick zu. „Gehe ich recht in der Annahme, dass dies außerhalb meiner üblichen Pflichten liegt?"

„Das tut es."

Mr. Craig seufzte. „Ich bin kein junger Mann mehr, Mylord."

„Es geht nicht um meine sonst so egoistischen Wünsche, Mr. Craig. Die junge Frau, die Ihr zu mir gebracht habt, braucht unsere Hilfe. Ihr Leben könnte davon abhängen."

Diese Worte schienen Mr. Craig neuen Schwung zu verleihen. Er richtete sich auf wie ein zwanzig Jahre jüngerer Mann. „Um was geht es, Mylord?"

„Ein Mann namens Samuel Milburn behauptet, Beweise zu haben, dass Mr. Reginald Darby in Schmuggel und Steuerhinterziehung verwickelt ist. Er benutzt dies als Mittel, um Darbys Tochter unter Druck zu setzen, damit sie einer Heirat mit ihm zustimmt."

Mr. Craig runzelte die Stirn. Auch wenn er nicht so aussah, war er im Herzen ein Romantiker. Tatsächlich hatte Vaughn ihn mehr als einmal dabei erwischt, wie er die Werke von L. R. Gloucester, einem gotischen Romanautor, gelesen hatte. Der Gedanke, dass ein Mann eine Frau mit solchen Mitteln zu etwas zwingen könnte, war ihm ein Gräuel.

„Ich möchte, dass Ihr Euch die Sache anseht. Miss

Darby glaubt, dass ihr Vater bei Männern investiert hat, die mit Milburn zusammenarbeiten könnten. Es könnte sein, dass sie versuchen, falsche Beweise anzufertigen, um zu zeigen, dass Darby hinter diesen arglistigen Taten steckt. Was wir brauchen, ist ein Beweis, dass Milburn versucht, die Familie Darby zu erpressen, oder ein Beweis für Mr. Darbys Unschuld. Und wenn es irgend möglich ist, möchte ich, dass Ihr demjenigen, der diese Probleme verursacht, das Handwerk legt, wenn Ihr versteht, was ich meine."

Mr. Craigs grimmiges Lächeln erinnerte an den Mann, der er einmal gewesen war. Ein Mann, der Jahre zuvor tapfer für sein Land in den Schatten der Stadt gekämpft hatte.

„Verstanden."

Er sprach selten über diese Zeiten, und wenn, dann oft in sinnbildlicher Form, aber Vaughn hatte mehr als einmal gesehen, wozu Mr. Craig in der Lage war. Und trotz seiner Klagen über sein fortgeschrittenes Alter brauchte es nur wenig, um das alte Feuer in ihm erneut zum Leben zu entfachen.

Er verließ seinen Butler und rief nach seinem Kammerdiener, da er wusste, dass er am nächsten Morgen spät aufstehen würde.

„Barnaby!" Seine Stimme hallte in dem abgedunkelten Korridor wider. Ein paar Sekunden später erschien der Mann am Rande der Tür, die zu den Dienstbotenzimmern führte.

„Mylord?"

„Packt mir eine Reisetasche für mindestens eine Woche. Wir fahren in ein paar Tagen nach Lothbrook und werden über Weihnachten dort bleiben." Er nahm seinen Brandyschwenker zur Hand und trank ihn aus, bevor er die Treppe hinaufging, um sich in sein Schlafgemach zurückzuziehen.

Barnaby rümpfte die Nase. „Erneut nach Lothbrook? Ich kratze Euch immer noch den Staub vom letzten Besuch aus der Hose, Mylord." Der Mann murmelte dies mehr zu sich selbst als zu seinem Herrn. Keiner von beiden mochte das Land besonders. Es war so verdammt provinziell. Aber wenn er dorthin zurückkehren musste, um seine unwissende Braut zu verführen, dann musste es so sein.

Um die Details der Reisevorbereitungen würde er sich am Morgen kümmern, sobald er von Perditas Eltern die Nachricht erhalten hatte, dass er auf ihr Anwesen eingeladen war. Mit einem weiteren kleinen Lächeln kehrte er in sein Schlafgemach zurück und begann, sich auszuziehen. Er schlief immer nackt, sogar im Winter. Es war eine Angewohnheit, die seine junge zukünftige Braut zweifellos schockieren würde, aber er vermutete, dass sie ihn ebenfalls schockieren würde. Er schloss die Augen und erinnerte sich an den Moment, als er sich vorbeugte, um sie zu küssen. Die Erinnerung daran ließ ein Lächeln auf seinen Lippen aufblühen.

Ihr erschrockener Blick, die Art, wie sie in seinen

Armen dahin geschmolzen war. Sie hatte wie Honig und Feuer geschmeckt, scharf und doch unfassbar süß. Er konnte immer noch den Samt ihres Mantels spüren, der in seinen Händen zerknitterte, als er sie an sich zog. Er wollte seine Hand unter ihren Rock schieben, aber das wäre ein Schritt zu viel gewesen, ganz gleich, ob sie behauptet hatte, sie sei kein unschuldiges Geschöpf.

Sie war lüstern, dem würde er zustimmen, und doch in so vielerlei Hinsicht unschuldig. Perdita in die Geheimnisse des Liebesspiels zwischen Mann und Frau einzuführen, war keine Sache, die er überstürzen sollte. Hastiges Herumfummeln im Dunkeln würde nicht funktionieren. Nein, sie verdiente eine gut geplante, köstlich langsame Verführung von Körper und Geist.

Vaughn saß auf der Bettkante und fuhr sich mit den Händen durch die Haare, während er über seinen nächsten Schritt nachdachte. Am Morgen musste er einen Ring kaufen. Er hatte wenig Geld dafür, aber er würde einen Weg finden. Sein Lächeln wurde zu einem breiten Grinsen. Die unsichtbaren Mächte des Schicksals schienen entschlossen, ihn daran zu hindern, den Namen seiner Familie reinzuwaschen, und trotzdem hatte er einen Weg gefunden, gegen die Londoner Oberschicht zu gewinnen. Er würde den gesellschaftlichen Liebling der Oberschicht heiraten. Miss Darby war die Antwort auf all seine Gebete. Was für ein Schock es für sie alle sein würde.

Londons beliebteste Lady, zusammen mit Londons grimmigstem Teufel.

PERDITA STAND AM SCHREIBTISCH IHRER MUTTER IN deren privatem Wohnzimmer, und ihr Herz raste schneller als es sollte. Ihre Mutter saß in ihrem filigranen Skriptorium und prüfte eifrig die Gästeliste für die Party, die in ein paar Tagen auf ihrem Landsitz stattfinden sollte. Perdita rutschte aufgebracht auf ihrem Stuhl herum und ihr roter Schal fiel von ihren Schultern, blieb aber an ihren Ellenbogen und ihrem unteren Rücken hängen.

„Perdita, meine Liebe. Du weißt, wie sehr ich es verabscheue, zu trödeln. Entweder du kommst herein und sprichst mit mir oder du gehst."

Perdita glättete die Röcke ihres blassrosa Kleides, trat neben ihre Mutter und räusperte sich.

„Ich würde gerne einen Gast auf die Liste setzen, Mama, wenn es dir nichts ausmacht. Ich weiß, dass wir zusätzliche Zimmer haben." Es handelte sich um ein altes Anwesen, das zwar nicht den Pomp einer Adelsfamilie mit Titel besaß, aber dennoch mit vielen der aristokratischen Häuser im Lande mithalten konnte. Es verfügte über nicht weniger als zwanzig Schlafzimmer, einen Ballsaal und ein Musikzimmer. Perdita hatte zahlreiche unangenehme Erinnerungen an die Klänge einer Harfe während einer arrangierten musikalischen Aufführung, als sie vor zwei Jahren debütiert hatte.

Ihre Mutter blickte auf und strich sich Strähnen von braunem, mit Silber durchwirktem Haar aus dem Gesicht. „Oh? Und wen soll ich einladen?"

Perdita richtete sich auf. „Meinen Verlobten."

Der Federkiel in der Hand ihrer Mutter schien einen Moment in der Luft zu schweben, bevor er flach auf den Schreibtisch klapperte und Tinte auf die Liste spritzte, die ihre Mutter geschrieben hatte.

„Deinen..."

„Verlobten. Ja."

Die Augen ihrer Mutter waren so groß wie Untertassen. „Du hast also Mr. Milburns Antrag akzeptiert?"

„Äh... nein. Es ist jemand anderes."

„Was? Aber wer?"

Perdita verstand den Schock ihrer Mutter gut. Es waren zwei lange Jahre seit ihrem Debüt vergangen. In ihrem ersten Jahr hatte sie alle Anträge abgelehnt und in der zweiten Saison hatte sie keinen einzigen Antrag erhalten. Anstatt als eine alte Jungfer deklariert zu werden, hatte sie ihren Ruf als junge Lady mit gutem Charakter kultiviert. Debütantinnen kamen zu ihr, um sich beraten zu lassen, die Matronen der Gesellschaft erfragten den Namen ihrer Modistin, und Gentlemen suchten sie für tiefgründige Gespräche auf.

Sie war geübt darin, die ihr zugedachte Rolle zu spielen. Charmant und reizend, war sie in jedem Londoner

Haushalt willkommen. Das Einzige, was sie nicht getan hatte, war, sich den Hof machen zu lassen. Die Männer Englands hatten es aufgegeben, bis Samuel Milburn sie vor ein paar Monaten bei einer Dinnerparty kennenlernte.

Ihre Begegnung war kurz gewesen, betont kühl, zumindest auf Perditas Seite. Milburn hatte ihre kühle Distanziertheit in Kauf genommen und ihre Eltern am nächsten Tag über seine Absichten informiert, Perdita einen Antrag zu machen. Als Perdita davon erfuhr, hatte sie sich einen verzweifelten Plan ausgedacht und so lange abgewartet, bis sie sich sicher genug fühlte, um zu Vaughn zu gehen.

„Es geht um Lord Darlington, Mama. Er und ich haben uns heimlich getroffen. Ich weiß, dass du so etwas missbilligst, aber wir wollten uns unserer Zuneigung sicher sein, bevor wir die Gesellschaft über unsere Absichten informieren."

Die Augen ihrer Mutter quollen fast aus ihrem Kopf. „Darlington? Aber... gütiger Himmel, was ist mit Milburn? Ich kann seine Einladung zu Weihnachten nicht absagen. Er hat sich sehr darauf gefreut, mit deinem Vater Schießen zu gehen."

„Ich weiß..." Perdita tat so, als würde sie das Dilemma sorgfältig abwägen, obwohl sie ihre Meinung dazu bereits gebildet hatte. „Er muss trotzdem kommen. Aber wir müssen auch Lord Darlington eine Einladung aussprechen."

Ihre Mutter nahm die Feder in die Hand und machte

sich bereit zu schreiben, hielt aber inne. „Bist du dir ganz sicher, meine Liebe? Lord Darlington ist ziemlich berüchtigt, wie ich gehört habe. Ich weiß, dass ich dich im September damit aufgezogen habe, ihm nachzustellen, aber das war nur ein Scherz."

„Er ist ein Viscount, Mama. Sein Titel wird uns in der Gesellschaft weiterbringen, nicht wahr?"

„Das wird er, aber das ist kein ausreichender Grund, einen Mann zu heiraten. Wenn du ihn lieben würdest, wäre das eine Sache, aber wenn du ihn nicht liebst, würde ich nicht erwarten, dass du ihn heiratest."

Perdita hielt den Atem an und versuchte, den Mut aufzubringen, ihre Mutter anzulügen. Eine Sache, die sie nie gern getan und wann immer möglich vermieden hatte.

„Ich liebe ihn, Mama. Und ich glaube, mit ein bisschen Zeit kann ich seinen ruhelosen Geist zähmen." Sie warf ihrer Mutter einen flehenden Blick zu.

„Nun, das ist durchaus möglich, selbst bei den schlimmsten Schurken. Immerhin habe ich auch deinen Vater gezähmt."

Ein lautes Brummen ertönte von der Tür her. Perdita drehte sich um und sah ihren Vater dort stehen. Er sah adrett gekleidet aus in seinen blauen Hosen und seiner Weste, sein grauer Schnurrbart zuckte, als er sie beobachtete.

„*Mich* gezähmt?", gluckste ihr Vater. „Frau, du hast mich nicht gezähmt."

„Das habe ich sehr wohl!" Ihre Mutter stand auf und

trat hinter ihrem Schreibtisch hervor, um zu ihrem Mann zu gehen. „Du warst zu deiner Zeit ein schrecklicher Draufgänger, und es war ein ziemliches Kunststück, dich zur Vernunft zu bringen."

Perdita sah ihre Eltern an und ihre Wangen röteten sich.

„Das habe ich dich nur glauben lassen." Die Augen ihres Vaters funkelten, als er Perditas Mutter um die Taille fasste, sie an sich heranzog und ihr einen Kuss auf die Wange gab.

„Um Himmels willen, Reginald!", zischte ihre Mutter, aber sie lächelte, als sie ihn zurechtwies. „Nicht hier!"

„Nun gut." Reginald seufzte dramatisch. „Also, was hat es mit dem Zähmen von Männern auf sich?"

„Nun." Ihre Mutter winkte Perdita zu. „Deine Tochter scheint sich verlobt zu haben und erzählt es uns erst jetzt."

„Milburn hat sie also gefragt?" Ihr Vater musterte sie neugierig. Sein Blick war eher ernst als erfreut darüber, dass seine Tochter soeben bekannt gegeben hatte, dass sie heiraten würde.

Perdita schüttelte den Kopf. „Ähm, nein, eigentlich nicht. Es war Lord Darlington. Du erinnerst dich doch an ihn, nicht wahr, Papa? Er kam im September zum Gartenfest und blieb für kurze Zeit bei uns."

Papa hob eine dunkle Braue. „Darlington? Du meinst doch nicht..."

„Ja." Perditas Mutter war zu geblendet von der Freude,

dass ihr Kind heiraten würde, doch ihr Vater war etwas besonnener und durchschaute jede List. Sie musste jetzt überzeugend klingen.

„Und du willst ihn zu Weihnachten mitbringen, ja? Nun, dann bring den Jungen mit, damit ich ihn abschätzen und sehen kann, ob er tauglich ist. Er hätte zuerst zu mir kommen sollen, wie dieser Milburn." Ihr Vater machte einen strengen Eindruck, aber in seinen Augen lag ein Funkeln, das Perdita zum Lachen brachte. Wenn sie doch nur wirklich verlobt wäre. Es war überraschend zu sehen, wie glücklich sie ihre Eltern gemacht hatte.

„Wir wollten es geheim halten, bis wir uns sicher waren." Perdita flehte mit ihren Augen und hoffte, dass ihr Vater ihr glaubte. Sie brauchte Vaughn, um Milburn zu entkommen. Sie hatte schon einmal versucht, ihrem Vater gegenüber Samuel Milburns Ruf zu erwähnen, aber er hatte es als leeres Gerede abgetan. Er wusste nur zu gut, dass Klatsch und Tratsch verantwortlich dafür waren, Leben ungerechtfertigt zu ruinieren, und er war nicht geneigt, noch mehr darüber zu hören. Es war eines der wenigen Male, dass sie jemals wütend auf ihn gewesen war.

„Hm, nun, dann lade den Jungen ein." Ihr Vater küsste ihre Mutter erneut auf die Wange und verließ das Studierzimmer ihrer Mutter.

„Perdita, Liebes, ich freue mich natürlich sehr für dich, aber bist du ganz sicher, dass Darlington der Richtige ist? Ich meine, du könntest sicher Angebote von mehr als einem Gentleman haben. Ich habe mir Sorgen gemacht, dass..." Ihre Mutter brach ab, und schweres Schweigen erfüllte den Raum. Es war nur eine Frage der Zeit, bis *die Gesellschaft* ihrer überdrüssig wurde und sie als alte Jungfer abgeschrieben wurde. Es machte Perdita nichts aus, aber sie wusste, dass ihre Eltern sie gerne glücklich verheiratet sehen wollten.

„Vaughn ist der Richtige für mich." Sie benutzte absichtlich seinen Vornamen, und es hatte den gewünschten Effekt.

„Ist es wirklich eine Liebesheirat? Du weißt, dass ich immer nur eine Liebesheirat für dich wollte. Deshalb lade ich immer jeden jungen Mann ein, den ich finden kann, in der Hoffnung, er könnte perfekt für dich sein. Milburn schien so aufmerksam zu sein, und jeder sprach gut von ihm. Ich hatte gehofft, dass du vielleicht genauso empfindest... aber wenn dein Herz Lord Darlington gehört, dann ist diese Diskussion wohl beendet, nicht wahr?"

Perdita umklammerte die Hände ihrer Mutter und drückte sie liebevoll. Sie war eine entschlossene Heiratsvermittlerin, hatte Spaß daran, junge Menschen zu verkuppeln, und Perdita wusste, dass die Absichten ihrer Mutter rein waren. Sie hatte ihren Vater aus Liebe geheiratet und wollte nur das Gleiche für ihre Tochter. So oft ihre Mutter auch verärgert sein mochte, sie war einfach unglaublich wundervoll. Deshalb tat es so weh, sie anzulügen.

„Ja. Es ist eine Liebesheirat. Ich hätte nie gedacht, dass

ich das Herz eines Mannes wie Vaughn gewinnen würde, aber irgendwie habe ich es geschafft."

„Sein Herz gewinnen?" Ihre Mutter gluckste. „Du musst zuerst seinen Verstand gewinnen. *Er* ist es, der *dein* Herz gewinnen muss." Ihre Mutter strich ihr sanft über eine Hand. „Nun gut, ich werde deinen geliebten Darlington einladen." Sie zwinkerte Perdita zu und ging zurück zu ihrem Schreibtisch, um ihre Gästeliste zu vervollständigen.

„Wenn es dir nichts ausmacht, Mama, möchte ich heute Nachmittag mit Lady Lysandra Russell bei Gunters Tee trinken."

„Natürlich." Sie konzentrierte sich wieder auf ihre Liste. „Grüße ihre Mutter von mir, und nimm einen Bediensteten mit."

„Ich danke dir, Mama. Vergiss nicht, Darlingtons Einladung noch heute abzuschicken. Ich wollte, dass sie von dir kommt, damit er sich willkommen fühlt."

„Betrachte es als erledigt, mein Liebling." Ihre Mutter nahm ein neues Stück Pergament zur Hand und begann mit ihrem Federkiel darauf herumzukritzeln, den Kopf vor Konzentration gesenkt.

Perdita rief nach Hensley, einem der jungen Bediensteten, um ihren Mantel zu holen und eine Kutsche herbeizurufen. Für Eiscreme, für das Gunters berühmt war, würde es zu kalt sein. Tee wäre dem vorzuziehen. Außerdem würden sie sich drinnen treffen müssen. Gunters war ein toller Ort, wenn das Wetter schön war. Eine Lady konnte am Berkeley Square ankommen und in ihrer offenen Kutsche bleiben, während die Angestellen von Gunters herbeieilten, um der wartenden Kundin Eis zu bringen. Drinnen zu bleiben war aber für ihre Absichten heute vollkommen in Ordnung. Sie und Lysandra hatten wichtige Dinge zu besprechen.

Hensley traf sie an der Tür und hielt ihr ihren dunkelblauen Mantel hin. Sie zog ihn an, ergriff ihren weißen Nerzmuff und steckte ihre Hände hinein. Dann gingen sie und Hensley zur Kutsche, die bereits auf sie wartete.

Als sie bei Gunters ankamen, ging Hensley mit ihr hinein, hielt aber Abstand, damit sie die Zeit mit ihrer Freundin allein genießen konnte. Lysandra Russell wartete, ein Teeservice vor sich, an einem der kleineren Tische des Lokals. Ihr hellrotes Haar war wie eine Flamme, die im Lampenlicht des Ladens tanzte. Lysandra schien die anerkennenden Blicke der Männer um sie herum nicht zu bemerken. Aber so war Lysa eben, den Kopf in Büchern vergraben, den Verstand mit ihrem Ziel gefüllt.

„Lysa." Perdita nahm einen leeren Stuhl gegenüber ihrer Freundin an dem kleinen Teetisch ein.

„Oh! Perdita, verzeih mir." Lysa errötete und hob den Kopf von ihrem Briefstapel. Sie verstaute die Briefe in ihrem Schoß und schenkte ihrer Freundin eine Tasse Tee ein.

„Danke." Perdita ließ den Muff von ihren Händen gleiten und nippte an ihrem Tee.

Lysa strahlte. „Unser Aufsatz über die astronomischen Entwicklungen der letzten Monate ist bereit zur Veröffentlichung. Ich glaube, dass wir diesmal vielleicht angenommen werden." Lysa grinste und deutete auf das Pseudonym, das sie gewählt hatten, um ihr Geschlecht zu verbergen. P. L. Bottomsley.

„Ich habe eine ordentliche Einleitung verfasst. Offiziell sind wir ein Gentleman aus Tintagel, Cornwall. Ich habe die Verwendung einer Adresse von dort veranlasst. Dort gibt es einen Mann namens Mikhail Barinov. Er hat zugestimmt, jegliche Korrespondenz entgegenzunehmen und sie nach London zu schicken. Ich glaube, dieses Mal haben wir alles im Griff. Die *Astronomy Society of London* muss uns nun veröffentlichen."

Auch Perdita konnte sich ein Lächeln nicht verkneifen. Es war ihr Traum, ihre Beobachtungen und wissenschaftlichen Entdeckungen zu veröffentlichen. Als Frauen waren ihre Artikel immer wieder abgelehnt worden. Und so musste eine List ausgeheckt werden. Die Notwendigkeit dafür war zum Verrücktwerden.

„Brillant, Lysa." Perdita ergriff den Artikel und überflog die säuberlich geschriebenen Worte, wobei sie jede Seite sorgfältig prüfte. Dann reichte sie ihn an Lysa zurück, die ihn in eine lederne Mappe steckte.

„Ich werde ihn morgen mithilfe eines Boten einreichen und dir Bescheid geben, sobald ich höre, ob wir erfolgreich waren."

„Ausgezeichnet." Perdita sah sich im Lokal um und ihr

Blick streifte die Paare, die Tee tranken. Gunters war einer der wenigen Orte in London, an denen sich eine Lady allein mit einem Gentleman treffen konnte, ohne einen Skandal oder den Ruin ihres Rufes befürchten zu müssen. Die Tür öffnete sich mit dem Bimmeln einer kleinen Glocke, als eine Gruppe von Männern hereinkam. Perdita erkannte einen von ihnen, und ihr Herz schlug ihr bis zum Hals.

Samuel Milburn war hier.

„Lysa, es tut mir so leid, aber ich muss sofort gehen." Sie nickte in Samuels Richtung, der gerade Hut und Mantel ablegte.

Lysas Augen ruhten auf dem Mann, als sie nickte. „Natürlich. Viel Glück."

Perdita winkte Hensley herüber.

„Miss?", fragte Hensley und wischte sich die Krümel von seiner Hose.

„Ich würde gern gehen. Bitte lass sofort die Kutsche vorfahren."

Hensley zog seinen Mantel an und eilte nach draußen. Perdita schritt vorsichtig am Rande der äußersten Tische vorbei, schlängelte sich zwischen den Paaren und Tischen hindurch und versuchte, nicht in Samuels Blickfeld zu geraten. Sie zog ihre Kapuze hoch und erreichte die Tür gerade noch rechtzeitig, um einen Teil seines Gesprächs mit den anderen Gentlemen zu belauschen.

„Du hast dieser Darby-Tussi immer noch keinen Antrag gemacht?", fragte einer der Männer.

Samuel gluckste. „Nicht offiziell. Ich warte auf Weihnachten. Frauen lieben diese Art von romantischem Gefasel. Außerdem muss ich sicherstellen, dass sie mir gehört. Ich muss sie haben können, bevor ich meine Entscheidung treffe. Es ist genug Feuer in ihr, dass ich glaube, es wäre ein Vergnügen, sie zu brechen. Ich muss aber sicher gehen. Sie könnte eine dieser weinerlichen, jungfräulichen Debütantinnen sein. Das kann ich nicht gebrauchen. Ich möchte, dass sie gegen mich kämpft, bevor ich sie komplett breche."

Seine Begleiter lachten, einer verglich diesen „Sport" mit der Jagd auf ein wildes Tier.

Milburn grinste. „In der Tat, nur dass das eine ausgestopft werden muss, bevor es geritten wird, während das andere geritten werden muss, um ausgestopft zu werden."

Das kratzende Geräusch ihres rauen Lachens brachte Perdita fast dazu, ihr Versteck aufzugeben. Sie konnte es nicht ertragen, noch ein Wort zu hören. Sie stürzte hinaus in die Kälte, ohne sich darum zu kümmern, dass der beißende Wind an ihrem Mantel zerrte. Samuels Worte waren unmissverständlich. Wie konnte die gehobene Gesellschaft so geblendet von ihm sein, dass man seinen verdorbenen Charakter nicht erkannte? Doch sie fürchtete sich auch vor der Finsternis, die seine Seele innehatte. Er war ein Mann ohne Herz, und er kümmerte sich um nichts außer um seine eigenen Bedürfnisse. Sie würde nicht sein Opfer werden. Nein, sie würde alles tun, um diesem boshaften Mann zu entkommen. Vaughn würde ihre Rettung sein. Sie vertraute ihm, was sie eigentlich überraschen sollte, doch das tat es nicht.

Boshaftigkeit und Kummer hinterließen sehr unterschiedliche Schatten auf der Miene eines Mannes. Boshaftigkeit war eine finstere Präsenz, die das Gute eines Menschen erstickte und erdrosselte. Kummer war etwas vollkommen anderes. Vaughns Augen waren von den Schatten des Schmerzes und des Verlustes gezeichnet. Es war ein Schatten, der vielleicht eines Tages von den Strahlen der Sonne ausgelöscht werden würde. Sie hatte die Hoffnung in seinen Augen erahnt, als sie ihn letzte Nacht geküsst hatte, wie Sonnenlicht, das durch die geöffneten Vorhänge eines Hauses fiel, das seit Äonen in Dunkelheit gehüllt gewesen war. Es war töricht, sich daran zu erfreuen, dass ihr Kuss seine Sorgen gemildert haben könnte, aber sie erfreute sich wirklich an diesem Gedanken.

Perdita sah sich nach Hensley um und erkannte mit einiger Erleichterung, dass die Kutsche bereits hier war. Sie konnte keine weitere Minute länger in Samuels Nähe bleiben. Er und seine Gefährten hatten ihre schlimmsten Albträume bestätigt.

Dem Himmel sei Dank für Vaughn.

Hensley ließ die Kutsche anhalten, und half ihr ins Innere. Die Samtpolster waren kalt, und Perdita seufzte erleichtert auf, als Hensley ihr einen Fußwärmer um die Füße legte.

„Wohin jetzt, Miss?", fragte Hensley.

„Nach Hause, nehme ich an." Sie öffnete die Vorhänge auf der gegenüberliegenden Seite und hielt dann eine Hand hoch. „Warte. Bleib hier. Ich würde gern in einen Laden gehen. In den da drüben."

Sie deutete auf den kleinen Juwelierladen auf der anderen Straßenseite. Sie hätte schwören können, dass sie Vaughn dabei gesehen hatte, wie er ihn betrat. Hatte sie es nur geträumt, weil sie gerade an ihn dachte? Es gab nur eine Möglichkeit, das herauszufinden.

＊ 3 ＊

Perdita stieg wieder aus der Kutsche und steuerte direkt auf die Ladenzeile zu. Wenn es Vaughn war, musste sie ihm sagen, was sie bei Gunters mitgehört hatte. Er hatte ein Recht darauf, Samuels Absichten zu erfahren. Vielleicht hatte er eine Idee, wie er sie vor dem Mann schützen konnte, denn Samuel hatte deutlich gemacht, dass er sie allein erwischen wollte.

Hensley schloss die Kutschentür und folgte ihr, während sie an einem Hutmacherladen vorbeieilte und das Juweliergeschäft erreichte. Sie spähte durch die Fenster, die durch die Kälte an den Rändern vereist waren, aber sie konnte Vaughn nicht sehen.

Vielleicht war er tiefer in den Laden hineingegangen. Sie zerrte an der Türklinke aus Messing. Diese knarrte auf, und Perdita schlüpfte hinein. In dem kleinen Laden war es warm, aber ein schwacher muffiger Geruch kam von den

Regalen, in denen verschiedene Halsketten auf Ständern hingen und sowohl Armbänder als auch Ringe in Vitrinen ausgestellt waren. An der Machart war deutlich zu erkennen, dass diese Schmuckstücke alt und ehrwürdig waren.

Perdita sah sich auf der Suche nach Vaughn im Laden um. Sie hielt hinter einer Reihe hoher Regale inne und zog die Möglichkeit in Betracht, dass sie nur einen Herrn gesehen hatte, der eine flüchtige Ähnlichkeit mit ihm hatte.

Eine Stimme erklang von der anderen Seite des Regals mit den Juwelen, hinter dem Perdita stand. „Mylord, was kann ich für Euch tun?"

Perdita wurde bei dem Klang hellhörig und wollte den Juwelier aufsuchen, aber etwas hielt sie zurück. Sie blieb also im Verborgenen und spähte zwischen den staubigen Regalen hindurch, wobei sie mit einer Hand vorm Gesicht das dringende Bedürfnis bekämpfte, zu niesen. Sie erblickte den älteren Ladenbesitzer mit Hakennase und Brille, der sich mit einem großen Mann mit dunkelblondem Haar unterhielt. Der Mann stand mit dem Rücken zu ihr, aber Perdita war sich sicher, dass es Vaughn war.

„Was kann ich dafür bekommen?" Vaughn hielt ihm eine Taschenuhr hin. Es war ein sehr altes, aber schönes Stück. Ihr silbernes Gehäuse glitzerte im Licht und sie hing an einer feinen Kette. Der Juwelier nahm sie entgegen und hielt sie hoch, woraufhin Vaughn sich leicht vorbeugte. Er wandte sein Gesicht vom Juwelier ab und bot Perdita einen Blick auf sein Profil und den Schmerz, der in seine Züge geschnitzt war.

„Nun, lasst mich einen Blick darauf werfen." Der Juwelier hielt inne, schob sich die Brille auf den Nasenrücken und betrachtete die Uhr genau.

„Fein gearbeitet, mit dem Familienwappen der Darlingtons… vierzig Pfund, würde ich sagen. Seid Ihr sicher, dass Ihr Euch von ihr trennen wollt, Mylord?" Der Juwelier beäugte die Uhr und dann Vaughn. Perdita hielt den Atem an. Hensley bewegte sich hinter ihr, und sie streckte eine Hand aus, fing seinen Arm ab und hob die andere Hand an die Lippen, um ihm zu signalisieren, leise zu sein. Sie wollte nicht unterbrechen, was auch immer Vaughn gerade tat.

Es sah so aus, als würde er seine Familienerbstücke verkaufen. Angesichts des Zustands seines Hauses, den fehlenden Möbeln und dem allgemeinen Verfall, hätte es sie nicht überraschen sollen. Aber wenn sie ehrlich war, wollte sie sich nicht vorstellen, dass Vaughn so mittellos war, dass er einen so persönlichen Gegenstand verkaufen musste. Ihr Herz gab ein schmerzhaftes Pochen von sich, als sie den Atem anhielt und weiter zuhörte.

„Vierzig? Ich nehme an, das ist ein angemessener Preis. Gibt es einen Ring, gegen den ich es eintauschen könnte?" Vaughn legte die Taschenuhr auf den Tresen zwischen ihm und dem Juwelier. Seine Finger ließen die Uhr nicht sofort los. Perdita spürte einen weiteren schmerzhaften Ruck in ihrem Herzen. Er sah sich Ringe an? Warum sollte er eine Uhr gegen einen Ring eintauschen wollen?

Dann kam ihr ein Gedanke. War der Ring etwa für sie?

Der Juwelier legte ein Samtkästchen auf den Tresen. „Diese hier sind sehr schön." Perdita stellte sich auf die Zehenspitzen, um einen besseren Blick zu bekommen. Sie war dankbar, dass die Regale offen waren, damit sie hindurchschauen konnte.

„Dieser hier... ist das ein Rubin?", fragte Vaughn und zeigte auf einen Ring. Sie konnte nicht sehen, welcher es war, weil sein Körper ihr die Sicht versperrte.

„Ja, ein schöner Rubin. Ich nehme an, er wäre ein fairer Tausch gegen die Uhr", sagte der Juwelier.

„Gut." Vaughn schob die Uhr von sich. „Habt Ihr ein Kästchen dafür?"

„Aber natürlich, das habe ich." Der Juwelier verschwand nach hinten und kehrte kurz darauf mit einem kleinen blauen Samtkästchen zurück. Er legte den Ring hinein und reichte ihn Vaughn.

„Ich danke Euch." Vaughn nahm das Kästchen, verstaute es sicher in seinem Mantel und nahm seinen Hut von der Theke.

„Einen schönen Tag noch, Mylord", sagte der Juwelier, als Vaughn sich zur Tür wandte und... zu Perdita. Perdita packte Hensley am Kragen und drängte ihn um das gegenüberliegende Ende des Regals herum, nur um nicht von Vaughn gesehen zu werden, als er ging. Als sie sicher war, dass Vaughn nicht mehr im Laden war, gingen sie und

Hensley um das Regal herum und näherten sich dem Tresen, an dem Vaughn gestanden hatte. Der Juwelier war immer noch dabei, die Ringe zurück in die Vitrine zu legen.

„Oh! Guten Tag, Miss", sagte der Juwelier. „Ich habe gar nicht bemerkt, dass Ihr hereingekommen seid. Wie kann ich Euch helfen?" Er wischte seine Hände an der Schürze ab und rückte mit einem warmen Lächeln seine Brille zurecht.

Perdita bemerkte Vaughns Uhr, die immer noch auf dem Tresen lag, und versuchte, ein wenig interessiert zu wirken. „Das ist eine schöne Uhr. Darf ich sie sehen?", fragte sie.

Der Juwelier beäugte sie neugierig. „Diese alte Taschenuhr?"

Sie nickte und warf einen Blick zur Tür. Es gab kein Anzeichen dafür, dass Vaughn zurückkommen würde.

„Natürlich." Der Juwelier legte die Uhr auf den Tresen, damit Perdita sie mustern konnte. Es war in der Tat eine alte Uhr, möglicherweise die von Vaughns Vater oder sogar von seinem Großvater. Wie konnte er es ertragen, sich von ihr zu trennen? Noch dazu für einen Ring?

Sie hatte nicht darüber nachgedacht, was es bedeutete, Beweise für ihre Verlobungslist zu liefern. Hatte Vaughn geglaubt, er bräuchte einen solchen Beweis? Oder war es für eine Geliebte? Aus irgendeinem Grund glaubte sie nicht daran, dass er solch ein Erbstück für eine Geliebte hergeben würde. Wenn er so mittellos war, wie sie jetzt glaubte, konnte er sich keine Geliebte leisten. Das ließ sie mit der traurigen Erkenntnis zurück, dass der Ring für sie sein musste, und er seine Uhr dafür verkauft hatte. Sie musste sie zurückkaufen. Er hatte die Uhr, von der sie vermutete, dass sie ihm lieb und teuer war, für einen Ring verkauft, von dem sie glaubte, dass er ihn ihr schenken wollte. Deshalb würde sie dafür sorgen, dass er seine Kostbarkeit zurückbekam, wenn die Zeit reif war. Vaughn war ein stolzer Mann, und sie würde seinen Stolz nicht gefährden, indem sie ihn wissen ließ, dass sie diesen Moment miterlebt hatte.

„Wie viel kostet sie?"

„Wie bitte, Miss?" Die Brauen des Juweliers hoben sich.

„Wie viel kostet die Uhr? Ich würde sie gern kaufen." Sie wollte nicht, dass Vaughn eines der letzten Stücke seiner Familie verlor, wenn sie es verhindern konnte.

„Nun... ich glaube, fünfzig Pfund sind fair."

Sie begegnete seinem Blick. „Aber Ihr habt sie für vierzig eingetauscht."

„Dann eben fünfundvierzig", konterte der Juwelier.

Sie hob entschlossen das Kinn. „Zweiundvierzig."

Der Juwelier streckte ebenfalls sein Kinn vor. „Dreiundvierzig."

„Einverstanden." Sie hob ihr Pompadourtasche auf den Tresen und zählte die Scheine ab. Sie trug selten große Geldsummen bei sich, aber sie hatte geplant, heute nach dem Treffen mit Lysandra ein wenig einzukaufen. Sie hatte gleichwohl nicht erwartet, dass sie das Geld für ihren falschen Verlobten ausgeben würde.

Perdita ließ sich die Uhr vom Juwelier einpacken und vertraute das Kästchen Hensley an.

„Fahren wir jetzt nach Hause, Miss?“ Sein zögerlicher Tonfall verriet seine Hoffnungen.

„Kein Liebhaber von heimlichen Treffen oder geheimen Missionen, was Hensley?“, neckte sie. Der Diener, ein Mann in ihrem Alter, errötete bis zu den Haarwurzeln.

„Das ist es nicht, Miss... Ich mache mir nur Sorgen um Euch, das ist alles.“

Seine Ehrlichkeit überraschte sie.

„Du sorgst dich um mich?“, fragte sie. Er war nicht in der Lage, ihr in die Augen zu sehen.

„Das hätte ich nicht sagen sollen, Miss. Ich bitte um Verzeihung.“ Er wich ihrem Blick weiterhin aus, und sie zwang ihn nicht, weiter darüber zu sprechen. Vor allem, weil sie Angst davor hatte, zu hören, was er sagen würde. Sie konnte die Art von Mitleid, die von Dienern ausging, wenn sie mit Jungfern zu tun hatten, nicht ertragen. Es war, als ob selbst die Diener die unverheirateten Frauen bemitleideten, die wie Gewürze mit der Zeit im Regal vertrockneten.

Dieser Gedanke machte sie wütend. Frauen hatten ein Recht darauf, andere Positionen anzustreben als nur Ehefrau und Mutter zu sein, nicht wahr? Und doch waren das die einzigen Positionen, die die Gesellschaft für sie übrig zu haben schien. Es war nicht ihre Schuld, dass sie nicht als Zuchtstute angesehen werden wollte. Die Vorstellung erfüllte sie mit einer trotzigen Wut, die sie kaum zügeln konnte. Sobald sie und Vaughn mit dieser Scharade fertig waren und Milburn das Interesse verloren hatte, würde sie sich der Veröffentlichung ihrer astronomischen Aufsätze widmen.

„Wir müssen noch einen Stopp einlegen", verkündete Perdita. „Der Kutscher soll uns zur Half Moon Street bringen." Dann kletterte sie in die Kutsche und wartete darauf, dass Hensley dem Kutscher die Anweisungen weitergab.

Gespannt sah sie aus dem Kutschenfenster, als sie das Lennox House erreichten. Es war ein atemberaubend gebautes Gebäude, das sowohl Macht als auch Anmut ausstrahlte. Ihr warmer Atem ließ das Glas beschlagen. Sie rieb mit ihrer behandschuhten Hand über das Fenster, um den Dunst zu entfernen und einen besseren Blick zu erhaschen.

Die Kutsche kam zum Stehen, und Perdita wies Hensley an, gemeinsam mit dem Fahrer auf sie zu warten. Sie musste darauf vorbereitet sein, zurückgewiesen zu werden, je nachdem wie wütend ihre Freundin Rosalind sein würde, nach dem sie ihre Bitte vernommen hatte. Etwas Nervosität stieg in ihr auf, aber Perdita drängte sie beiseite. Sie waren befreundet, und obwohl Perdita keine Gelegenheit gehabt hatte, Rosalind zu besuchen, seit diese Lord Lennox geheiratet hatte und in sein Haus gezogen war, sollten sich die Dinge doch nicht großartig geändert haben... zumindest hoffte sie das.

Sie hob den großen silbernen Türklopfer, klopfte dreimal und wartete. Ein Butler öffnete und sie war erleichtert, dass sie eingelassen wurde, nachdem er die nötigen Erkundigungen eingezogen hatte.

Der Butler führte sie in einen Salon und sie sah Rosalind, die an einem Schreibtisch vor dem Kamin arbeitete.

„Perdita." Rosalind erhob sich, als sie den Raum betrat. „Wie geht es dir?" In ihrer Stimme schwang ein schottischer Akzent mit, den sie nicht mehr so sehr zu verbergen suchte wie früher. Der Akzent machte die dunkelhaarige Frau äußerst charmant und verlieh ihr einen Hauch von der Wildheit der Highlands.

„Mir geht es gut, und dir?"

„Sehr gut." Rosalinds graue Augen funkelten. „Bist du gekommen, um deine Investitionen zu besprechen?"

„Ja... nun, möglicherweise. Es ist eine geschäftliche Angelegenheit, aber es ist etwas heikel."

Das offene Lächeln ihrer Freundin verwandelte sich in ein Stirnrunzeln. „Sollen wir uns setzen?" Rosalind führte sie zu einem dunkelroten Brokatsofa und schenkte ihr eine Tasse Tee aus einer Kanne auf dem Tisch ein.

„Danke." Perdita wappnete sich für das, was sie tun musste. Es sah ihr nicht ähnlich, solche Bitten an Freunde zu richten.

Rosalind schien ihr Zögern zu bemerken. „Wir sind Freunde, Perdita. Frag, was immer du fragen willst."

„Es ist eine ziemlich lange Geschichte, aber ich werde versuchen, mich kurz zu fassen. Ich versuche, einer Verlobung mit Samuel Milburn zu entgehen, dessen Absichten ich nicht traue. Ich möchte nicht ins Detail gehen, aber ich stehe unter einem unakzeptablen Druck, seinen Antrag anzunehmen. Ich habe mit Viscount Darlington vereinbart, dass er als mein Verlobter auftritt, um Milburn abzuschrecken. Aber Darlingtons Preis, um mir zu helfen, ist..." Sie verschluckte sich fast an den Worten und hasste es, so mit einer guten Freundin sprechen zu müssen. „Nun, sein Leben hat eine schlechte Wendung genommen, und er möchte, dass ich deinen Mann bitte, ihn an seiner nächsten Investition zu beteiligen." *So*. Sie hatte es gesagt, auch wenn es einen bitteren Geschmack auf ihrer Zunge hinterließ.

Einen Moment lang sagte Rosalind nichts und ihre Stirn war gerunzelt, während sie Perdita aufmerksam musterte. Glaubte sie, dass Perdita nur versuchte, sie zu benutzen? Wollte sie ihre Freundschaft überdenken?

„Darlington, sagst du?" Rosalind schürzte die Lippen und dachte nach. „Ich bin ihm noch nicht begegnet, aber ich habe von ihm gehört. Ein ziemlich wilder Kerl. Bist du dir sicher, dass du dich so öffentlich an ihn binden willst?"

Perdita nippte an ihrem Tee und nickte. „Ungeachtet dessen, was du vielleicht von Samuel Milburn gehört hast, versichere ich dir, dass dieser Mann ein Raubein ist. Er hat die feste Absicht, meinen Willen zu brechen, wenn er mich kompromittieren kann."

„Deinen Willen *brechen*?"

„Meinen Geist, und ich befürchte, vielleicht noch mehr."

Rosalinds nachdenklicher Blick wurde finster. „Ich habe nicht viel über diesen Milburn gehört, aber wenn er dir Angst einjagt, wird es ihm nicht gelingen, dich in eine Lage zu bringen, in der du ihn heiraten musst." Sie hob eine kleine Glocke von ihrem Teetablett und läutete sie. Ein Diener erschien, und Rosalind sprach. „Bitte sag meinem Mann, dass ich ihn zu sprechen wünsche."

Der Diener verbeugte sich und verschwand.

„Gibt es wirklich keine andere Möglichkeit, als Lord Darlingtons Hilfe in Anspruch zu nehmen? Ich bin sicher, du hast die Gerüchte über ihn gehört", sagte Rosalind.

„Das habe ich, aber ich glaube, dass mehr an ihm dran sein könnte, als die Gerüchte vermuten lassen. Als er mit der Situation konfrontiert wurde, wollte er helfen und bat nur um diesen Gefallen im Gegenzug. Es ist nicht das, was ich von einem berüchtigten Schurken erwartet hätte, aber ich vertraue ihm. Klingt das sehr seltsam und töricht?"

„Einem Schurken zu vertrauen? Das ist weder seltsam noch töricht, wenn es der richtige Schurke ist. Ich werde meinen Mann fragen, was er über Darlington weiß."

„Ich danke dir, Rosalind. Ich kann dir nicht sagen, wie sehr ich deine Hilfe schätze. Es ist so ärgerlich, dich darum bitten zu müssen."

„Unsinn. Genau dafür sind Freunde da." Rosalind

umfasste Perditas Hand und tätschelte sie ein wenig, was Perdita ungemein beruhigte.

Einen Moment später erschien Lord Lennox. Er war ein großer Mann mit stechend blauen Augen und blondem Haar. Er war Vaughn nicht unähnlich, aber in Vaughn steckte eine wilde Verzweiflung, die Lennox nicht teilte. Er war ruhig, entspannt, unerschütterlich. Vaughn hatte eine hagere Erscheinung und eine Grimmigkeit in seiner Haltung, die ihm eine melancholische Dunkelheit verlieh.

„Du hast nach mir rufen lassen?" Ashtons Ton war kühl, aber seine Lippen waren zu einem neckischen Lächeln verzogen. Er trat an Rosalinds Seite und drückte ihr einen Kuss auf die Hand.

„Das ist meine liebe Freundin, Perdita Darby. Sie ist auch eine Kundin unserer Bank", erklärte Rosalind. „Perdita, bitte sag meinem Mann, was du mir erzählt hast."

Perdita schilderte detailliert, was sie über Samuel Milburn und seine Absichten erfahren hatte, ebenso wie ihren Plan mit Darlington und den Gefallen, um den sie als Bezahlung für seine Dienste bat.

„Ich habe ihn schon ein paar Mal in London getroffen. Kein schlechter Kerl, wie ich gehört habe", sinnierte Lennox. „Milburn, andererseits... nun, ich habe von seiner Geliebten gehört. Die Frau, die er in den Tod gestürzt hat. Ein Unfall, sagt man, aber ich bin mir nicht sicher, ob ich das glaube."

Perdita nickte.

„Und Darlington ist darauf aus, mit mir zu investieren?" Ashton lehnte sich nachdenklich in seinem Stuhl zurück.

„Er wäre nicht der erste, aber es gibt gute Gründe, warum ich wählerisch bin, wen ich in mein Vertrauen ziehe. Die meisten glauben, dass die Risiken, die ich eingehe, zu groß sind, aber sie verstehen einfach meine längerfristigen Pläne nicht und sehen nicht, dass es am Ende gar kein großes Risiko gibt. Aber ich brauche Vertrauen, und nicht alle sind bereit, es zu geben. Ich will nicht, dass jede meiner Handlungen infrage gestellt wird. Ich glaube, er wäre ein guter Partner. Er hat einen klugen Kopf auf seinen Schultern, und ich habe gehört, dass er ziemlich erfolgreich war, bevor seine Eltern starben. Die Schulden, die sie ihm hinterlassen haben, waren außerordentlich hoch und haben sein eigenes kleines Vermögen dezimiert."

Lennox tauschte einen langen Blick mit Rosalind aus, bevor er aufstand und nickte.

„Nun gut, sagt Darlington, dass er mich nach dem Neujahrstag aufsuchen soll. Ich werde mein nächstes Vorhaben mit ihm besprechen, und er kann dann entscheiden, ob er immer noch mitmachen will."

Seine Worte waren eine solche Erleichterung, dass Perdita vor Dankbarkeit überwältigt war. „Ich danke Euch, Lord Lennox. Wahrhaftig."

„Jede Freundin von Rosalind ist auch meine Freundin." Er küsste ihre Hand, und mit einem verweilenden Blick auf seine Frau, der sie erröten ließ, ließ er sie allein.

„Mein alberner Mann", murmelte Rosalind, obwohl sie lächelte.

Perdita musste zustimmen. Lord Lennox war ein alberner, aber wunderbarer Mann. *Warte, bis ich es Vaughn erzähle. Er wird so erfreut sein.* Sie hatte ihm nicht nur eine Einladung, sondern eine Beteiligung an Lennox' nächstem Vorhaben sichergestellt. Vielleicht würde sie Weihnachten doch noch überleben.

❧ 4 ❦

V aughn fühlte sich nackt ohne seine Taschenuhr. Es war schon ein paar Tage her, dass er sie verkauft hatte, und er und Barnaby waren nun auf dem Weg nach Lothbrook. Er griff immer wieder in seinen Mantel, um die Uhrzeit zu erfahren, aber seine Hand war immer leer.

Das Stück hatte seinem Großvater gehört, handgefertigt von Thomas Mudge selbst, und er hatte es von seinem eigenen Vater geschenkt bekommen, als er sechzehn wurde. Er hatte sie so lange gehabt, dass er vergessen hatte, wie es war, sie nicht sicher in seiner Westentasche zu wissen. Es war das Letzte, was er noch an wirklichem Wert besaß, das er verkaufen konnte.

Aber es war wichtig gewesen, einen Ring für seine zukünftige Braut zu bekommen. Der Ring war sicher in seiner Manteltasche verstaut, aber Vaughn sah immer wieder in die Schachtel, um sicherzugehen, dass er nicht verschwunden war. Trotz seines geheimen Plans, sie tatsächlich wegen ihres Vermögens zu heiraten oder sie nur zu benutzen, um sich mit Baron Lennox bekannt zu machen, war er ihr bereits etwas schuldig.

Vaughn war kein Mann, der gerne jemanden einen Gefallen schuldete. Der Ring war seine letzte Chance, ihr zu beweisen, dass er ihr etwas bieten konnte, bevor er am Ende alles besaß, was einst ihres gewesen war. Selbst wenn er noch etwas anderes zu verkaufen gehabt hätte, konnte er es nicht ertragen, noch einmal zu diesem Juwelier zu gehen. *Ich verkaufe alles, was mich an meine Vergangenheit erinnert, um meine Zukunft zu sichern.* Er hoffte nur, dass es klappen würde.

Die Kutsche, in der er reiste, war vollgestopft mit Leuten. Sie saßen wie Hühner auf der Stange, aber eine verdammte öffentliche Kutsche war alles, was er sich leisten konnte. Bauern saßen auf beiden Seiten von ihm und ihre Schultern drückten gegen seine. Der Stallgeruch war für Vaughn zu stechend, um ihn zu ertragen. Er hielt abwechselnd den Atem an und versuchte, durch den Mund zu atmen. Es half, aber nur wenig.

Die Kutsche kam an einer Kreuzung zum Stehen, und der Fahrer verkündete, dass sie Lothbrook erreicht hatten. Trotz des Gedränges von Körpern war er bis auf die Knochen durchgefroren, denn der eisige Winterwind drang durch die Ritzen der Kutsche ins Innere. Vaughn stürzte aus der Kutsche und seine Stiefel knirschten in der leichten Schneeschicht. Er dehnte seine Beine, erleichtert darüber, dem Gedränge der Kutsche und seiner Insassen entkommen zu sein.

Lothbrooks Straßen waren schneebedeckt und die Dächer der Geschäfte und Häuser waren vereist. Der Himmel war von winterlichen Wolken bedeckt, die die Finsternis über das Dorf zu bringen schienen und das spärliche Licht der Lampen, die auf den Fensterbänken standen, verschluckten.

Gott, er vermisste Lothbrook im Spätsommer. Selbst als er im letzten September hier gewesen war, hatte die Stadt in voller Blüte gestanden, und die Tage waren ihm endlos vorgekommen.

„He!" Der Ruf des Fahrers erregte Vaughns Aufmerksamkeit. Er drehte sich rechtzeitig um, um zu sehen, wie Barnaby sich beeilte, die Koffer aufzufangen, die der Fahrer kurzerhand vor der Kutsche geworfen hatte. Vaughn blickte finster drein, als er und Barnaby ihre Koffer einsammelten und in Richtung Stadtrand gingen.

„Was für ein Saubeutel!", murmelte Barnaby, während er neben Vaughn herstapfte und einen der Koffer trug. Vaughn trug den anderen.

„Stimmt", sagte Vaughn. „Aber es ist die Zeit der Vergebung. Und wenn alles gut geht, lieber Barnaby, werden wir nie wieder eine Reise mit der öffentlichen Kutsche ertragen müssen."

„Hmph. Das setzt voraus, dass Ihr Miss Darbys Herz gewinnen könnt, Mylord. Sie ist ein schlaues Ding", bemerkte Barnaby. Andere Männer hätten einem Diener für eine solche Offenheit vielleicht Handschellen angelegt, aber Vaughn hatte es immer vorgezogen, diejenigen zu beschäftigen, die etwas zu sagen und Beobachtungen mitzuteilen wussten. Außerdem waren sie in der Regel billiger.

„Ich denke, ich habe eine gute Chance. Neulich Abend war sie ganz angetan von mir." Vaughn plusterte seine Brust auf und ignorierte das Augenrollen seines Dieners. Er hatte sich Perditas leidenschaftliche Reaktion auf seinen Kuss oder seine Berührung nicht eingebildet. Er war ein ausgezeichneter Liebhaber und hatte die Leidenschaft einer Frau noch nie falsch eingeschätzt.

Das Anwesen der Darbys war nicht weit entfernt, aber die Kälte... nun, es war nicht gerade ein angenehmer Spaziergang. Als sie den langen Steinweg einschlugen, der zum Landhaus der Darbys führte, waren Vaughns Füße eiskalt und er konnte sein Gesicht nicht mehr spüren. Das fröhliche Kerzenlicht, das von den Fenstern des Hauses ausging, winkte ihn heran, und er klopfte an die Tür. Ein Diener öffnete die Tür und stemmte sich gegen die Kälte.

„Verzeiht, Mylord, aber seid Ihr Lord Darlington? Miss Darby erwartet Euch bereits und hat schon befürchtet, dass Ihr Euch verspäten könntet", antwortete der junge Mann. Verdammt, er hatte sich ebenfalls gewünscht, früher anzukommen. Verfluchte öffentliche Kutschen. *Hätten wir nicht alle drei Meilen anhalten müssen, um Bauern und ihre verdammten Hühner abzuladen, wären wir nicht zu spät gekommen.*

„Ja." Vaughn eilte die Eingangsstufen hinauf und war dankbar, als Barnaby dem Diener sein Gepäck reichte. Ein anderer Diener nahm Vaughn Hut und Mantel ab.

Die zahlreichen Bediensteten, die im Haus herumwuselten, waren alle in feiner Wintertracht gekleidet. Auf ihrem Weg die Treppe hinauf kamen sie an mehreren Dienstmädchen vorbei, und Vaughn schluckte einen Anflug von Schuldgefühlen für Pippa herunter, die für sein Stadthaus verantwortlich war, in dem mindestens ein Dutzend weitere Dienstmädchen arbeiten sollten. Das würde eines der ersten Dinge sein, die er änderte, sobald er seine zukünftigen Investitionen mit Lennox erfolgreich abgeschlossen hatte.

„Bitte, hier entlang. Ich zeige Euch Euer Zimmer. Ich fürchte, Ihr habt das Abendessen verpasst, aber Miss Perdita hat darauf bestanden, dass wir Euch ein Tablett auf Euer Zimmer bringen, sobald Ihr ankommt."

„Hat sie das?" Er war einerseits überrascht über ihre Fürsorglichkeit, andererseits war Perdita verglichen mit ihrer Freundin Alexandra die süßere von beiden. Alexandra... nun, diese Frau hatte das Temperament eines in die Enge getriebenen Dachses.

Vaughn folgte dem Diener die Treppe hinauf, Barnaby dicht auf seinen Fersen, der etwas über alte, kalte Landhäuser murmelte. Sie wurden in einen eleganten Raum geführt und er erkannte ihn als denselben, in dem er schon einmal übernachtet hatte, als er im September zur Gartenparty geblieben war. Das große Bett sah warm und einladend aus, ebenso wie das Feuer im Kamin. Dicke Aubusson-Teppiche bedeckten die Böden und verliehen dem Raum eine behagliche Ausstrahlung.

Seine eigenen Gemächer in London waren in einem sehr baufälligen Zustand, ganz anders als die dunkle Eichentäfelung hier, die im Kontrast zu den dunkelgrünen Tapeten mit goldenen Efeumustern stand. Sogar der Bettbehang, ein reicher Brokat in dunklem Gold, passte zu Bettdecke und Laken.

Nachdem der Diener gegangen war, machte sich Barnaby daran, die Kleidung seines Herrn in einem großen Kleiderschrank zu verstauen. An der Art und Weise, wie sein Diener wehmütig seufzte, erkannte er, dass der junge Mann den Komfort von neuen Möbeln ebenso sehr vermisste wie er selbst.

Barnaby näherte sich dem Rasierpult, wo heißes Wasser in einem makellosen blau-weißen Becken bereitstand. Saubere Kleider und Gesichtstücher lagen ordentlich gefaltet neben einem Stück teurer Seife. Der Diener drehte sich zu ihm um und ein kleiner Anflug von Schuld blitzte in seinen braunen Augen auf.

„Vielleicht ist das Landleben gar nicht so schlimm, wie Ihr es in Erinnerung habt?", fragte Vaughn mit einem reumütigen Lächeln.

„Nein, Mylord." Barnabys Gesicht färbte sich rot, und er nahm eilig seine Arbeit wieder auf.

Vaughn lehnte sich zurück auf das Bett und seufzte. Er konnte immer noch nicht wirklich glauben, dass er hier war. Aber er war verzweifelt genug, um Perditas Angebot einer falschen Verlobung anzunehmen, weil er wusste, dass er sie dazu verführen konnte, eine echte Heirat zu wollen. Frauen waren schließlich recht leicht zu umwerben, solange sie nicht in einen anderen verliebt waren, wie Alexandra es gewesen war. Und, sollte Perdita ihr eigenes Verlangen nach ihm weiter verleugnen, würde er wenigstens noch das Treffen mit Lennox haben, um seine Zukunft zu sichern.

Vaughn richtete sich auf, als ihm ein besorgniserregender Gedanke durch den Kopf schoss. War es möglich, dass Perdita bereits einen anderen liebte? Wenn das der Fall war, hätte sie sicherlich diesen Mann davon überzeugt, bei ihrer List mitzumachen, und nicht ihn. Mit einem leisen Knurren holte Vaughn den Ring heraus und verstaute das Kästchen in einer Schublade des Nachttisches neben seinem Bett.

Als ein leises Klopfen an der Schlafzimmertür erklang, drehte er sich um.

„Herein."

Die Tür öffnete sich, und Perdita schlüpfte hinein, gefolgt von einem Diener mit einem Tablett.

„Lord Darlington, ich wollte mich vergewissern, dass man sich gut um Euch gekümmert hat. Stell das Tablett bitte auf den Tisch, Hensley", sagte sie und deutete auf den Mahagoni-Kamintisch. Der Diener stellte das Tablett ab, bevor er sich zurückzog.

Vaughn war einen Moment lang durch den Anblick des abgedeckten Geschirrs abgelenkt. Er nahm den Geruch von Suppe, frischem Brot, Roastbeef, Kartoffeln und Erbsen wahr und ihm lief das Wasser im Mund zusammen. Er erblickte sogar eine Beeren-Torte auf einem kleinen Teller. *Gott segne diese Frau.* Etwas ordentliches Essen war genau das, was er nach seiner langen Reise brauchte.

Vaughn zwang sich für einen Moment an etwas anderes als das Essen zu denken, egal wie sehr sein Magen darüber murrte. Er näherte sich einer feinen chinesischen Lackkommode in der Ecke des Raumes, auf der Karaffen mit Brandy und Whisky standen.

„Möchtet Ihr etwas trinken?", fragte er sie und hoffte, sie würde sich zu ihm in die beiden Ledersessel vor dem Kamin gesellen.

„Nein, danke", antwortete sie. Perdita spielte mit ihren Röcken, und die nervöse Bewegung brachte ihn fast zum Lächeln. Ihr Kleid war blau, mit Van-Dyke-Ärmeln, die mit belgischer Spitze besetzt waren. Ihr Mieder und der Saum waren mit silbernen Stickereien verziert, und eine Locke ihres dunklen Haares baumelte lose auf der cremefarbenen Haut ihres Halses. Die Frau sah geradezu köstlich aus, wie Weihnachtspudding und ein Glas Sherry.

„Perdita." Er sprach ihren Namen aus, unsicher, was er noch sagen sollte, bevor er die Frage stellte, die ihn plagte.

Sie neigte den Kopf. „Vaughn." Es herrschte ein langes Schweigen zwischen ihnen, bevor er sich ihr näherte.

„Es gibt keinen anderen Mann, nicht wahr?", fragte er und sein Herz klopfte, während er darauf wartete, dass sie ihm versicherte, dass diese ganze Scharade keine Dummheit war.

Ihre Augenbrauen zogen sich verwirrt zusammen. „Einen anderen Mann?"

„Ja. Einen, den Ihr liebt und der aus irgendeinem Grund nicht auf einem weißen Pferd heranreitet, um Euch vor Samuel Milburn zu retten."

Sie erblasste, und ihre Fäuste ballten sich. Röte ersetzte die Blässe in ihren Wangen. „Nein, natürlich gibt es keinen anderen. Wenn es einen gäbe, wäre ich verlobt und würde nicht jemanden wie Euch anflehen, mir zu helfen."

Er legte den Kopf schief. „Jemanden wie mich? Was, bitte schön, macht mich also zu diesem Glückspilz?"

Perdita starrte ihn an. „Weil... warum fragt Ihr mich das? Ich dachte, wir hätten uns darauf geeinigt..." Ihr Zorn wich blanker Panik, und aus irgendeinem Grund brach ihr verängstigter Blick durch die dicke Mauer, die er um sein gefrorenes Herz errichtet hatte. Er verspürte leichte Wärme und musterte sie mit neuem Verständnis.

„Ich habe Eurem Angebot zugestimmt", sagte er. „Aber wenn es einen anderen gibt, der Euch liebt, dann sollte er hier sein. Nicht ich."

Perdita stieß einen Atemzug aus. „Nein. Es gibt niemanden. Deshalb brauche ich Euch."

Verdammt, das hätte ihn nicht erregen dürfen, tat es aber doch. Der Gedanke, dass sie ihn brauchte, selbst auf diese Weise, reichte aus, um seinen Kopf mit verruchten Vorstellungen zu füllen, die sie in die Flucht schlagen würden, wenn sie in diesem Moment seine Gedanken lesen könnte. Er wollte sie dazu bringen, ihn auf tausend andere Arten zu brauchen, bis ihr Körper die Berührung eines anderen nicht mehr ertragen konnte, weil nur seine sie befriedigen würde. Vaughn schob den Ansturm der hungrigen Gedanken beiseite und konzentrierte sich auf ihr Gespräch.

„Und hier bin ich nun, ohne ein weißes Pferd, in meiner verrosteten Rüstung", sagte er und verbeugte sich spöttisch vor ihr.

Sie erwiderte die Verbeugung mit einem eleganten Knicks. „Ich nehme an, das macht mich zu einer Jungfrau in höchster Not? Gütiger Himmel, ich bin die Heldin eines gotischen Liebesromans."

„So scheint es." Er ergriff ihre Hand und hob sie an seine Lippen. „Ich würde Euch gerne sehen, wie Ihr durch einen dunklen Korridor eilt, Euer Haar offen, Euer Körper nur mit dem dünnsten Unterkleid bedeckt, einen Kerzen-leuchter umklammernd, während Ihr vor einem dunklen Fremden flieht. Ich würde Euch in meine Arme nehmen und Euch retten. Dann würde ich Euch natürlich wahnsinnig leidenschaftlich lieben, sodass alle Sorgen um dunkle Fremde vergessen wären."

Ihre Pupillen weiteten sich, als er sprach. Er nahm sich einen Moment Zeit, um mit seinen Fingerspitzen ihren Handrücken zu streicheln, während er sie beobachtete und ihr ausdrucksvolles Mienenspiel beobachtete.

Sie schien hin- und hergerissen zwischen Lachen und Bestürzung. „Damit werde ich also belohnt? Ihr kommt hierher, um mich zu verführen? Ich habe vierzehn Tage auf Euch gewartet, dafür gesorgt, dass der Koch das beste Abendessen frisch für Euch zubereitet, und…"

Vaughn ließ sie nicht ausreden. Es war schon immer sein Grundsatz gewesen, eine plappernde Frau auf die angenehmste Art, die er kannte, zum Schweigen zu bringen. Er legte einen Arm um ihre Taille und zog sie in seine Arme. Sie keuchte gegen seine Lippen, und er konnte sich ein Lächeln nicht verkneifen.

Herrgott nochmal, sie schmeckte göttlich. Sie zitterte und er fuhr ihr mit einer Hand durch ihr Haar, bevor er seine Hand darin vergrub und ihren Kopf zurückneigte. Perdita wimmerte und schlang einen Arm um seinen Nacken, um ihn noch tiefer zu küssen.

Sie zu verführen würde einfach werden.

Vaughn ließ seine andere Hand an ihrem Körper hinuntergleiten, umfasste ihren Hintern und gab ihr dann einen spielerischen Klaps. Sie zuckte zusammen und biss ihm auf die Unterlippe, was ihn wiederum zusammenzucken ließ.

„Au." Er zog sich zurück und ließ sie los, während er die Stelle berührte, an der seine Lippe schmerzte. Perdita lehnte sich gegen den nächstbesten Stuhl und strich sich das lockere Haar aus dem Gesicht. Er hatte ihre Frisur ruiniert, und sie sah aus, als wäre sie im Bett gründlich verführt worden. Der Anblick stand ihr. Sie wirkte weich, verletzlich und ein bisschen zerzaust. Er leckte sich über die wunde Lippe und grinste.

„Wollt Ihr wirklich keine körperlichen Freuden während unserer Verlobung genießen? Ich bin bereit, *alle* meine Dienste anzubieten, nicht nur meinen Ruf", erklärte er und wackelte vielsagend mit den Augenbrauen.

„Ihr habt mich geschlagen."

Er verzog seine kühnen Lippen zu einem schiefen Lächeln. „Ich habe Euch den Hintern versohlt, Liebes. Das ist ein großer Unterschied. Sagt mir, dass Ihr keine Lust verspürt habt, als ich es tat." Er wusste, dass sie es leugnen würde, und er würde es genießen, ihr in den nächsten Tagen das Gegenteil zu beweisen.

„Ich habe nichts gespürt!", rief sie empört.

„Warum beschwert ihr Euch dann, wenn Ihr nichts gespürt habt?", neckte er und verdrehte ihre Worte.

Sie drehte sich auf dem Absatz um und stampfte zur Tür. „Oh!"

Er griff nach ihrer Hand und hielt sie auf, als sie die Tür erreichte. Anstatt sie gehen zu lassen, drückte er seine Hände gegen die Tür und sperrte sie somit ein. „Perdy, wartet."

„Nennt mich nicht Perdy", knurrte sie und drehte ihren Kopf, um ihn über die Schulter hinweg mit funkelnden Augen anzustarren. Ihre Nasen berührten sich, und das wunderschöne Feuer in ihren Augen, machte ihn ganz heiß.

„Warum nicht? Ich weiß, dass Alexandra Euch so nennt." Er lächelte, als sein Blick auf ihre Lippen fiel. Sie drehte sich zu ihm um und drückte ihm mit der Hand gegen die Brust.

„Weil sie meine Freundin ist. Freunde nennen mich Perdy, aber nicht Ihr." Er musste sich ein Stöhnen der Erregung verkneifen, als er das Feuer in ihren Augen wahrnahm. Wann waren die Augen einer Frau jemals so fesselnd gewesen? Er konnte sich nicht daran erinnern, dass er jemals zuvor so fasziniert vom Blick einer Frau gewesen war.

„Wir sind keine Freunde", stimmte er zu. „Aber wir sind verlobt, nicht wahr? Also sollten wir uns auch auf weniger förmliche Art und Weise ansprechen. Sag einfach Vaughn zu mir." Er ergriff eines ihrer Handgelenke, führte ihre Hand an seine Lippen und küsste ihre Handfläche.

„Was tust du da?" Aber sie starrte ihn fasziniert an, während er ihre Handfläche küsste, ohne ihm ihre Hand zu entziehen. Dann begann er, ihren Arm mit Küssen zu bedecken, Zentimeter für Zentimeter.

„Dich daran erinnern", sagte er, aber hielt inne, um sie zwischen jedem Wort zu küssen, „dass wir... uns... vertraut... miteinander fühlen müssen... und das bedeutet... mehr von ... *dem hier.*" Mit einem Finger unter ihrem Kinn neigte er ihren Kopf nach oben und drückte ihr einen sinnlichen Kuss auf ihre vor Verblüffung geöffneten Lippen.

Er konnte das kleine Knurren hören, das sie von sich gab, und spürte es, als es in ihrer Brust rumpelte. Es gab nichts Reizvolleres, als einer Frau zu beweisen, dass sie sich in ihren Wünschen irrte. Es ging nicht um Dominanz, sondern um langsame, bedächtige Verführung. Nicht nur des Körpers, sondern auch des Geistes und des Herzens.

Er küsste sie noch einen Moment lang, wartete, bis er spürte, wie sie sich ihm hingab, und ließ sie dann los. Sie stand vor ihm, die Augen glasig vor Verlangen, die Lippen geschwollen, das Haar herrlich zerzaust. Ihre Röcke waren zerknittert, da er seine Hände darin vergraben hatte, um sein eigenes Verlangen in Schach zu halten.

„Ich habe etwas für dich." Er ging zum Nachttisch und holte den Ring heraus. Perdita wurde erneut blass und starrte das kleine Samtkästchen an.

„Vaughn, das hättest du nicht tun müssen..."

„Doch, und ich wollte es. Selbst wenn diese Verlobung eine List ist, möchte ich meiner Braut ein Zeichen meiner Zuneigung geben", erklärte er und hielt ihr die Schachtel hin. Er kniete weder nieder noch überreichte er sie ihr mit irgendeiner Fanfare. Er war einfach nicht die Art von Mann, der so etwas tat. Wenn sie nicht sehen konnte, was er ihr anbot, und nicht verstand, welches Opfer er gebracht hatte, dann war sie nicht die Frau, für die er sie gehalten hatte.

Sie nahm ihm die kleine Schatulle ab und ihre Hände trafen sich nur kurz, aber dennoch trat ein Funke bei ihrer Berührung über. Vaughn beobachtete ihr Gesicht, als sie die Schachtel öffnete und prägte sich jedes Detail ein. Die Art, wie sich ihre Augen verdunkelten, als sie den Rubinring erblickte, die Art, wie sie den Kopf neigte, die Locken, die gegen ihren Nacken und ihre Schultern hüpften, und schließlich die Art, wie sich ihre Lippen mit einem leisen Keuchen öffneten.

„Vaughn, nein, der ist zu kostbar. Du darfst mir das nicht geben. Nicht, um unserer Scharade willen." Sie machte einen winzigen Schritt auf ihn zu, die offene Schachtel vor sich haltend. Er griff nach ihr, umschloss ihre Hände und legte seine darüber.

Er traf ihren Blick mit seinem und ließ sie sehen, wie ernst er es meinte. „Ich bestehe darauf."

„Aber..."

„Nein", antwortete er in einem knappen Ton. Er wusste, was sie sagen wollte... dass er ohnehin schon so wenig zu geben hatte. Aber er brauchte sie, auch wenn er sich nicht dazu durchringen konnte, ihr zu erklären, warum. Es gab einige Dinge, die ein Mann nicht mit seiner zukünftigen Braut teilen sollte.

Perdita öffnete die Schachtel wieder und betrachtete den Ring. „Er ist sehr schön." Als sie sprach, klang sie, als hätte sie einen Knoten im Hals. Seine Brust zog sich aufgeregt zusammen und er fühlte sich, als wäre seine Kehle wie zugeschnürt.

Das ist alles, was ich dir geben kann. Das Letzte, was ich noch habe.

„Gefällt er dir?" Er fühlte sich wie ein Narr, der um ein bisschen Aufmerksamkeit bettelte, der hören musste, dass das Opfer der Taschenuhr seines Großvaters nicht umsonst gewesen war. Sie musterte den Rubinstein und die beiden kleinen Diamanten, die ihn flankierten, biss sich auf die Lippe und nickte.

„Er ist wunderbar. Ich glaube nicht, dass ich jemals etwas so Schönes besessen habe." Sie hielt inne, dann fragte sie ihn mit einem strahlenden Lächeln: „Darf ich ihn ab jetzt tragen, oder muss ich bis Weihnachten warten?"

Er räusperte sich. Diese seltsame Enge in seiner Brust war immer noch da und machte es ihm schwer zu sprechen.

„Jetzt ist gut, sehr gut", gelang es ihm hervorzubringen.

Sie nahm den Ring aus der Schatulle und steckte ihn an ihren Ringfinger. Er passte fast perfekt und war nur ein wenig locker, was aber leicht behoben werden konnte, sobald sie den Juwelier im Dorf besuchte. Der Rubin schimmerte im Schein des Feuers.

„Ich danke dir." Perdita stellte sich auf ihre Zehenspitzen und küsste ihn. Ihr anhaltender süßer Kuss fühlte sich anders an als jeder andere davor. Dieser zeugte nicht von Lust, Begierde oder Zorn. Dies war etwas anderes. Es rief ein Flattern seltsamer und nicht identifizierbarer Gefühle in ihm hervor, über die er nicht nachdenken wollte.

Ein rosiger Farbton akzentuierte ihre Wangenknochen, als sie ihre Lippen berührte. „Iss dein Abendessen, bevor es kalt wird, und ruhe dich gut aus. Morgen beginnen die Festtage, und ich werde meinen weißen Ritter an meiner Seite brauchen, rostige Rüstung hin oder her."

Ohne ein weiteres Wort verschwand sie und ließ Vaughn zurück, der ihr nachstarrte, während seine Hände zuckten, weil sie es bereits vermissten, Perdita zu halten.

5

Perdita verweilte in der Halle und beobachtete die Kutschen, die vor dem Haus vorfuhren. Ladies in Umhängen und Männer in langen Mänteln stiegen die Stufen zum Haus hinauf. Ihre Eltern standen bereit, um ihre Gäste zu begrüßen. Perdita hielt sich im Hintergrund, leicht abgelenkt, und fragte sich, wann Vaughn wohl herunterkommen würde. Er hatte am frühen Morgen ein Tablett zum Frühstück auf sein Zimmer bringen lassen und sie hatte ihn deshalb an diesem Tag noch nicht gesehen. Nach der letzten Nacht fühlte sie sich seltsam nervös und ein bisschen aufgeregt.

Weil er gefährlich ist und die Scharade, die du spielst, viel zu erheiternd findet. Ihr Unterbewusstsein taugte immer dazu, sie für ihr törichtes Verhalten zu züchtigen, wann auch immer sie sich in Vaughns Nähe aufhielt. Aber sie hatte nicht vergessen, warum sie es tat. Sie musste ihren Vater retten und sich vor Samuel schützen.

Perdita drehte den Rubinring an ihrem Finger und stellt fest, dass es sich gut anfühlte, ihn zu tragen. Vaughn hatte ihn *ihr* geschenkt, keiner anderen. Aber sie hatte sich Sorgen gemacht, dass er ihn für eine andere Frau gekauft hatte. Wie töricht. Ein Hauch von einem Lächeln zierte ihre Lippen, aber sie verbarg es schnell. Diese Sache zwischen ihr und Vaughn war nichts weiter als eine listige Täuschung, und daran musste sie sich erinnern. Sie würde den Ring und seine Taschenuhr zurückgeben, wenn alles gesagt und getan war. Das war das Mindeste, was sie tun konnte.

Ihre Mutter rief nach ihr. „Perdy, Liebes, komm und kümmere dich um die Gäste." Mit einem Seufzer und einem gezwungenen Lächeln gesellte sie sich zu ihren Eltern. Einige Männer ritten hoch zu Ross heran und ihre edlen Tiere trampelten den frischen Schnee nieder, der am frühen Morgen gefallen war. Sie begann zu lächeln, als sie sich näherten, aber sie hielt abrupt inne. Sie rutschte auf den verschneiten Stufen, als sie einen der Männer erkannte.

Samuel Milburn war angekommen. Angst stieg in ihr auf und sie kämpfte gegen den Drang an, sich umzudrehen und wegzulaufen.

„Miss Darby", rief Samuel, kam die Stufen herauf und grinste.

Niemand außer ihr schien die Dunkelheit in seinem

Inneren zu erkennen. Die meisten kannten ihn als einen gutaussehenden Mann mit dunklem Haar und dunkelbraunen Augen. Aber sie wusste es besser. Sie hatte ihn selbst bei Gunters gehört, wie er mit seinen Begleitern darüber lachte, wie gerne er ihren Willen brechen würde. Seine Augen blitzen boshaft, ein Ausdruck, der Leid versprach, nicht nur für sie, sondern auch für ihre Familie, sollte sie sich ihm widersetzen. Es war der Blick eines Mannes, der glaubte, alle Karten in der Hand zu halten und einfach nur abwartete, bevor er seine Gewinne einstreichen konnte. Selbst wenn sie nicht wüsste, was sie über ihn wusste, würde Perdita bei diesem Gesichtsausdruck weglaufen und sich verstecken, obwohl sie es normalerweise vorzog, zu kämpfen.

Sie wollte verdammt sein, wenn sie zulassen würde, dass er sie zu seinem Eigentum machte, indem er sie erpresste. Allerdings war er ein Gast, und sie konnte ihren Eltern seine bösen Neigungen nicht beweisen, also würde sie während der Party einfach vorsichtig sein müssen.

Aus diesem Grund war Vaughn hier. Sie hoffte, dass seine bloße Anwesenheit sie beschützen würde. So sehr sie es auch hasste, sich auf einen Mann zu verlassen, so hatte sie doch das Gefühl, dass sie ihm in dieser Angelegenheit vertrauen konnte. Und er schien zu wissen, was für ein Mensch Samuel war. Perdita war froh, dass er den Mann für einen Bastard hielt, genau wie sie es tat.

„Mr. Milburn, willkommen", sagte Perdita, ihr Tonfall war kühl, aber höflich. Es gab keinen Grund, ihn zu verärgern, nicht wenn die Scharade mit Vaughn gelingen sollte. Ihr Ziel war nur, sein Interesse an ihr zu verringern, und nicht, ihm einen Grund zu geben, Vergeltung zu üben.

„Ich danke Euch, Miss Darby. Ich nehme an, Ihr habt darüber nachgedacht, worüber wir bei unserem letzten Treffen gesprochen haben?" Er ließ ein charmantes Grinsen aufblitzen, das sie nicht im Geringsten täuschte. Ihr entging nicht der berechnende Blick, den er ihr zuwarf, oder die Art, wie er sie kritisch von Kopf bis Fuß musterte, so wie ein Mann ein Pferd begutachten würde, das er bei Tattersalls erwerben wollte.

„Das habe ich." Das war alles, was sie zugeben würde. Die Zeit, ihre Verlobung zu enthüllen, war noch nicht gekommen. Sie würde es erst bekannt geben, wenn Vaughn entschied, dass die Zeit reif war. Er wusste, wie man mit einem Mann wie Milburn umging.

Sie trat zurück und ließ ihn zusammen mit seinem Begleiter passieren. Eine weitere Kutsche kam an, und sie war erleichtert, eine Ausrede zu haben, um Mr. Milburn nicht zu seinem Zimmer begleiten zu müssen.

Ein weiteres Dutzend Gäste traf ein, bevor Perdita sich in ihr eigenes Zimmer zurückziehen durfte, und bevor das Mittagessen serviert wurde. Sie beschloss, ihre hellgrünes Wollkleid mit rotem Besatz an den Ärmeln und am Saum nicht zu wechseln. Die meisten Ladies würden ihre Kutschenkleider wechseln, aber da sie nicht gereist war, würde sie in ihrem Tageskleid gut genug zurechtkommen.

Die Vorstellung, sich drei- oder viermal am Tag

umziehen zu müssen, frustrierte sie. Es gab ein Dutzend anderer Dinge, die sie an einem Tag wie diesem lieber erledigen würde, und sich je nach Tageszeit oder Aktivität umziehen zu müssen, war sowohl lästig als auch unnötig. Männer mussten sich nicht so häufig umziehen und Perdita musste zugeben, dass sie auf deren Freiheit neidisch war.

Sie entschied sich, in die Bibliothek im zweiten Stock im gegenüberliegenden Flügel des Hauses zu gehen, in der Hoffnung, einen Blick auf Vaughn zu erhaschen. Die meisten Gäste hielten sich im Ostflügel des Hauses auf, aber sie hatte Vaughn auf der Westseite untergebracht, in der Nähe ihrer eigenen Gemächer.

Auf dem Korridor war jedoch nichts von ihm zu sehen. Es war möglich, dass er sich in seinem Schlafgemach ausruhte, oder vielleicht hatte sie ihn verfehlt. Er könnte jetzt genauso gut in einem der vielen anderen Räume des Hauses sein und sich mit den anderen Gästen unterhalten. Oder vielleicht war er ausgeritten. Der Gedanke, dass sie ihn nicht finden konnte, beunruhigte sie.

Ich will ihn nicht vermissen... und doch tue ich es. Sie schüttelte den Kopf. *Ich vermisse seine Küsse, das ist alles. Ich kenne den Mann nicht gut genug, um ihn zu vermissen.*

Sie und Lysandra hatten bei mehr als einer Gelegenheit darüber diskutiert, wie ein Mann eine Frau mit seiner Leidenschaft von ihren akademischen Schwerpunkten ablenken konnte. Damals hatte Perdita keine persönliche Erfahrung teilen können, mit der sie argumentieren konnte, aber jetzt... jetzt verstand sie vollkommen, wie ein Mann die Gedanken einer Frau so gründlich auf andere Themen lenken konnte.

Perdita ging zu einem der Bücherregale und nahm eine Ledermappe heraus, in der sich mehrere Aufsätze befanden, an denen sie gerade arbeitete. Dann ließ sie sich auf einem Fensterplatz in der Bibliothek nieder, ihr neuestes Werk über Astronomie auf dem Schoß. Sie hatte noch Überarbeitungen vorzunehmen, aber heute wollte sie es auf Klarheit und Aufbau Korrekturlesen, bevor sie es an Lysandra weitergab. Sie winkelte ihre Beine an, sodass ihre roten Satinpantoffeln aus dem Saum ihrer Röcke hervorlugten, und stützte die Seiten auf ihren Knien ab.

Perdita war sich nicht sicher, wie lange sie dort gesessen hatte, bevor sie den deutlichen Eindruck hatte, dass jemand sie beobachtete. Es war viel zu einfach, sich in ihrer Arbeit zu verlieren, und offenbar hatte sie nicht bemerkt, dass jemand die Bibliothek betreten hatte. Die Haare in ihrem Nacken stellten sich auf, und sie versuchte, nicht in Panik zu geraten, denn ihre erste Sorge war, dass Samuel Milburn sie gefunden hatte. Sie hob den Kopf und blickte sich um.

Eine einsame Gestalt lehnte an einem Regal, nicht allzu weit von dem Platz entfernt, an dem sie in ihrer Nische saß. Als sie sah, wer es war, fürchtete sie sich nicht, aber ihr Herz schlug trotzdem rasend schnell.

„Vaughn!", zischte sie. „Du hast mich erschreckt!" Sie legte ihre Schriften beiseite, als er herüberkam. Dann versuchte sie aufzustehen, aber er verhinderte dies, indem er auf dem Sitz neben ihr Platz nahm.

„Du warst ziemlich vertieft in das, was du gerade gelesen hast. Ich wollte dich nicht in deinen Gedanken stören." Er hob sanft ihre Füße an und positionierte ihre Beine über seinen Schoß, die Position höchst skandalös, aber die behagliche Intimität war so unwiderstehlich, dass sie nicht protestierte... nicht viel.

„Wir sollten nicht..."

„Blödsinn." Er schob ihre Röcke beiseite, sodass er eine seiner großen Hände auf ihre linke Wade legen konnte.

Perdita zuckte zusammen. „Nein, Vaughn..." Sie griff nach seinem Handgelenk, und er hob seinen Blick zu ihrem.

„Ganz ruhig, meine Süße, atme tief durch." Seine Finger hielten auf ihrem Bein inne und er beugte sich vor, um seine Lippen über ihre zu streichen. Sein sanfter Kuss beruhigte sie, obwohl eine Welle der Erregung über ihre Haut tanzte.

„Besser?", fragte er mit einem Lächeln auf seinen Lippen.

Sie nickte. „Ja. Ich war nur erschrocken."

„Das ist es, was Leidenschaft aufregend macht." Er hielt inne und streichelte erneut ihr Bein. „Aber ich werde die Dinge so langsam angehen, wie du es wünscht."

„Aber ich dachte, du magst die Kontrolle." Sie sprach

die Worte leise aus, obwohl niemand außer den Büchern Zeuge dieser skandalösen Unterhaltung sein würde.

„Das tue ich, Darling. Ich liebe es, die Kontrolle zu haben. Aber nur, wenn sich die Lady bei mir sicher fühlt."

„Ich fühle mich bei dir sicher", antwortete sie wahrheitsgemäß.

„Gut. Das ist für mich sehr wichtig." Er fuhr fort, ihre Wade zu streicheln, und sie schloss kurz die Augen und genoss seine Berührung.

Seine Finger waren lang und elegant, aber nicht zart. Schöne Hände... für einen gutaussehenden Mann. Perdita beobachtete fasziniert, wie seine Hände sie berührten. Die Hitze seiner Handflächen drang durch ihre weißen Strümpfe und sie konnte die Hitzewelle, die ihren ganzen Körper überflutete, nicht aufhalten.

Nur ein wahrer Schurke konnte Leidenschaft heraufbeschwören wie ein Zauberer. Er konnte Zauber heraufbeschwören, die sie mit einem verruchten Lächeln und einer zärtlichen Liebkosung von ihrem Knöchel bis zu ihrem Knie das rationale Denken aufgeben ließen. Er ließ ihre Röcke wieder über ihre Beine fallen, ließ aber seine Hand weiterhin auf ihrer Haut ruhen. Es hatte etwas Verführerisches, dass seine Hand unter ihrem Kleid ihre Beine berührte, ohne dass sie sehen konnte, was er tat. Es war, als ob die Erregung darüber, was er als nächstes tun würde, größer war als das, was er tatsächlich tat. Sie rutsche unruhig umher, machte aber keinen Versuch zu fliehen.

„Also, was hast du gelesen, das dich so in den Bann

gezogen hat?" Vaughn blickte sie erwartungsvoll an, seine blauen Augen waren klar wie der Sommerhimmel. Sonnenlicht drang durch das Fenster herein, fiel über sein goldenes Haar und brachte die Strähnen zum Leuchten, bis sie eine Art Heiligenschein um seinen Kopf ergaben. Seine Lippen waren leicht geschwungen, als sei er in einem angenehmen, aber möglicherweise skandalösen Tagtraum versunken. Es war die Art von Gesichtsausdruck, die eine Frau stundenlang anstarren und sich dabei verzweifelt wünschen konnte, dass sie es war, die dieser Herr gerade im Sinn hatte.

„Oh, ich wollte nur..." Sie versuchte, die Seiten ihres Werkes der Astronomie hinter ihrem Rücken zu verbergen, aber er griff um sie herum und nahm ihr den Aufsatz aus den Händen, um ihn zu lesen.

„Bitte, nicht..."

„Pssst. Ich *lese*", neckte er, während er weiter mit seinen Fingerspitzen in kitzelnden Kreisen über ihre linke Wade strich, dann aber innehielt. „Astronomie?", fragte er.

„Bist du überrascht, dass eine Frau eine Vorliebe für die Wissenschaften hat?"

„Überrascht vielleicht, aber keineswegs unzufrieden. Ich habe die Erfahrung gemacht, dass es viel zu vielen Männern an echtem Interesse fehlt. Sie lernen genug, um in ihren Gentlemens Clubs Wissen vorzutäuschen und geben halb erinnerte Schlussfolgerungen weiter, als wären es ihre eigenen. Das kann ziemlich deprimierend sein, wenn man auf der Suche nach einer anständigen, intelligenten Unterhaltung ist."

„Und du? Interessierst du dich für die Wissenschaften?"

„Das tue ich, obwohl ich zugeben muss, dass ich über die genaueren Details dieser Arbeit beklagenswert unwissend bin. Es scheint ziemlich brillant zu sein." Seine Augen fuhren über die ganze Seite, als würden sie sie auswendig lernen.

„Findest du?" Sie konnte es sich nicht verkneifen, sich über sein Lob zu freuen.

Vaughn antwortete zunächst nicht, und seine Stirn war gerunzelt, während er die Seiten studierte. „Kennst du den Mann, der das geschrieben hat? Seine Beobachtungen sind recht interessant, obwohl ich wage zu behaupten, dass einige der Berechnungen über meinen Verstand hinausgehen."

„Er... ja. Ich kenne den Mann. Er bemüht sich um die Veröffentlichung des Werkes, sobald es fertig ist." Sie hatte nicht vor, ihm zu sagen, dass sie die Autorin des Artikels war. Er war zweifellos die Art von Mann, der glaubte, dass Frauen nicht in die Wissenschaften gehörten.

„Ich kann mir vorstellen, dass er damit Erfolg haben wird."

Sie nickte. Es fühlte sich nicht richtig an, ihm etwas zu verheimlichen, aber dies war ein Teil ihres Lebens, der nichts mit der Abmachung zu tun hatte, die sie getroffen hatten. Sie würde ihr Geheimnis nicht mit ihm teilen. Sie war viel zu sehr daran gewöhnt, dass Männer schlecht über Frauen dachten, die ihren eigenen Kopf hatten, und brauchte seinen Spott nicht, während sie beide versuchten, ihre Verlobungsnummer aufrechtzuerhalten. „Wo warst du heute Morgen? Ich dachte, du kommst vielleicht zum Frühstück herunter.“

Vaughn schenkte ihr sein selbstzufriedenes Lächeln. „Ein Mann sollte ein paar Geheimnisse vor seiner Frau haben.“ Er schob seine Hand wieder unter ihre Röcke, diesmal noch höher, bis er das weiche Strumpfband berührte, das das Kleidungsstück an Ort und Stelle hielt. Er zupfte an den seidenen Schleifenbändern, und eine weitere Hitzewelle rollte über sie hinweg.

„Möchtest du, dass ich dir etwas über Leidenschaft beibringe?“, fragte er, seine Stimme samtig weich.

Obwohl ihr Körper *Ja* schrie, schüttelte sie den Kopf. „Nein, danke, damit kenne ich mich gut aus.“

Er grinste, immer noch mit der Schleife ihres Strumpfbandes beschäftigt. „Lügnerin. Du hast Angst, es zu riskieren.“

„Ganz sicher nicht“, schnaubte sie, dann überkam sie die Neugierde. „Was genau riskieren?“

„Sich in mich zu verlieben, natürlich.“ Sein schiefes Grinsen hätte ihr Herz nicht zum Flattern bringen dürfen, aber das tat es.

„Ich sehe da keine Gefahr, das versichere ich dir.“ Sie nahm ihm die Papiere ab und kletterte von der Fensterbank. Dann legte Perdita ihren Artikel auf einen Tisch und ging zum nächstgelegenen Bücherregal. Es gab drei Regalreihen, die parallel zur Tür verliefen, und sie versteckte sich gern hinter der letzten, um ungesehen zu bleiben, falls jemand in die Bibliothek kam und nach ihr suchte.

Perdita warf einen Blick über ihre Schulter und sah, dass Vaughn ihr folgte. Er fuhr mit den Fingerspitzen über die Oberfläche des Lesetisches aus Walnussholz. Die burgunderrote Weste, die er trug, passte gut zu seiner dunkelbraunen Hose. Perdita musste ihre Gedanken davon ablenken, wie gut diese Hose saß.

„Nun... du sagst, dass du dich gut mit der Leidenschaft auskennst, aber ich versichere dir, dass du nicht weißt, was es bedeutet, mit mir zusammen zu sein." Er sagte dies leise, als er hinter ihr auftauchte. Sie stand mit dem Gesicht zu den Regalen, vom Rest der Bibliothek verborgen. Vaughn spielte mit dem Stoff ihrer Röcke an ihrem unteren Rücken und zog spielerisch an einem roten Seidenband, das von der Schärpe an ihrer Taille ihren Rücken hinunterlief.

„Das ist nicht Teil unserer Vereinbarung", sagte sie schließlich, wenn auch weniger trotzig, als sie beabsichtigt hatte.

„Du missverstehst mich. Was ich zu sagen versuche, ist, dass Milburn, wann immer er uns zusammen sieht, glauben muss, dass wir ein Liebespaar sind." Er lehnte sich von hinten gegen sie und drückte sie sanft gegen das

Regal. Seine Lippen streiften ihr Ohr, und sie erschauderte. Ihr Schoß krampfte sich erregt zusammen.

„Er wird es glauben", antwortete sie, obwohl ihre Worte nur zitternd hervorkamen.

„Ich zweifle nicht daran, dass du eine gute Schauspielerin bist, aber ich fürchte, ohne Erfahrung wirst du nicht besser sein als ein junges Mädchen, das ob seiner ersten Liebe in Ohnmacht fällt. Milburn wird es als das erkennen, was es ist. Aufmerksamkeit auf sich ziehend und absolut nicht überzeugend."

„Und was würdest du vorschlagen?"

„Dass du deine Ängste vergisst und mir erlaubst, dich auf eine leidenschaftliche Reise zu führen, während der du trotzdem deine Tugendhaftigkeit bewahrst. Nur dann wirst du in der Lage sein, unsere Beziehung in Milburns Gegenwart glaubwürdig vorzuspielen. Nur dann wird er in deinen Augen sehen, was du ihn sehen lassen willst."

Perdita schnaubte. „Ich bin sicher, du würdest alles sagen, um unter die Röcke einer Frau zu kommen."

„Stimmt, das würde ich. Aber das macht meine Worte nicht weniger wahrheitsgetreu."

Ihre Augen verengten sich, aber sie lenkte ein. „Ich habe deine Küsse als angenehme Abwechslung empfunden. Ich bezweifle, dass das, was du vorhast, viel anders sein wird." Sie sprach die Herausforderung aus, und ihr Herz raste vor Vorfreude, denn sie war gespannt, was er tun würde.

„Und das, meine Liebe, zeigt, wie viel du noch zu

lernen hast." Die Wärme seines Körpers, der sich an ihren presste, ließ sie für einen Moment vergessen, wie man atmete.

„Du würdest mich also unterrichten?" Sie behielt ihren beiläufigen Tonfall bei, obwohl sie sich seltsam schwindlig fühlte.

„Dich lehren, teuflisch zu sein? Auf jeden Fall", sagte Vaughn. „Wenn du mir am heutigen Abend beim Essen gegenübersitzt und ich dich ansehe, als würde ich dich anbeten, wird er in deinen Augen und durch die Röte deiner Wangen erkennen, dass wir eine Stunde zusammen in der Bibliothek verbracht haben, um dies zu tun..." Er hob ihre Röcke an, fuhr mit der Hand an ihrem rechten Bein unter ihrem Unterrock hinauf und berührte sie dort.

Perdita keuchte, aber er bedeckte ihren Mund mit seiner anderen Hand. Anstatt Angst zu haben, dass er sie zum Schweigen bringen wollte, war sie erregt von der Art, wie er die Kontrolle übernahm. Sie klammerte sich an das Regal vor ihr, als feuchte Hitze sich zwischen ihren Schenkeln sammelte, während er sie mit seinen Fingern erkundete.

„Er soll sehen, dass du mir gehörst, dass ich dich hier berührt und geneckt habe, bis du um süße Erlösung gebettelt hast." Er murmelte jeden verruchten Gedanken in ihr Ohr, und sie kämpfte darum, aufrecht stehenzubleiben. Perdita hatte keine Angst, weder davor, dass er ihre Laute dämpfte, noch davor, dass er mit seinen Fingern sanft, aber bestimmt ihre Falten erforschte. Er wusste genau, wie er sie berühren und streicheln musste. Sie hatte nie geahnt, dass es sich so... *wild* anfühlen konnte, auf diese Weise berührt zu werden. Das Rauschen der Empfindungen unterhalb ihrer Taille, die Art, wie sich ihre Brustwarzen gegen ihr Korsett verhärteten, sein warmer Atem an ihrem Hals, all das gemischt mit dem Druck seines Körpers gegen ihren von hinten... es war zu viel.

„Zeig mir deine dunkle Seite, Perdita", flüsterte Vaughn, und sie spürte, wie ihr Körper sich zusammenzog. Sterne trübten ihre Sicht und sie spürte, wie sie fiel. Starke Arme fingen sie auf und schmiegten sie an Vaughn starke Brust.

Durch den Dunst ihres langsam abklingenden Höhepunkts erkannte sie, dass er sie von den Bücherregalen weg und zurück zum Fensterplatz trug. Sie blinzelte gegen das helle Sonnenlicht an, dass ihr die Sicht erschwerte, als er sie wieder auf die weichen Kissen der Fensterbank setzte. In ihrem Kopf schwammen tausend Emotionen und sie war benommen, zittrig und verwirrt. Er hatte sie gerade am Scheitelpunkt ihrer Oberschenkel berührt, und sie hatte Erlösung in seinen Armen gefunden. Die Empfindungen, diese hitzige Explosion in ihr war mit nichts zu vergleichen, was sie je zuvor gespürt hatte.

Sie sah zu ihm auf und blinzelte, während sie versuchte, ruhig zu bleiben und nicht zu weinen. Was er getan hatte, ließ sie sich offen und verletzlich fühlen. Sie wollte, dass er sie festhielt, ihr nahe war, während sie von dem steilen Höhepunkt herunterkam, den ihr Körper erklommen hatte. Er beugte sich vor und strich mit seinen Lippen über ihre.

„Heute Abend beim Essen, wenn ich dich ansehe, denke an diesen Moment, meine Hände auf deiner nackten Haut zwischen deinen hübschen Schenkeln. Milburn wird sehen, was du ihm zu zeigen wünschst."

Damit drehte er sich um und ging davon, ließ Perdita verwirrt zurück, ihr Körper befriedigt und doch zitternd am Rande einer Wolke von Gefühlen, die sie zu sehr fürchtete, zu analysieren. Vaughn war ein Meister der Sünde, daran gab es keinen Zweifel. Sie konnte nicht anders, als sich zu sorgen, dass ein kleiner Teil von ihr tatsächlich in Gefahr sein könnte, sich in ihn zu verlieben.

Vielleicht war er wirklich gefährlicher für sie als Samuel.

VAUGHN KLOPFTE MIT DEN FINGERKNÖCHELN AN DIE Tür zu Mr. Darbys Arbeitszimmer.

„Herein."

Vaughn trat ein und fand Darby über seinen Schreibtisch gebeugt vor, wo er eine Muschelsammlung mit einer Lupe untersuchte. Vor dem Erkerfenster hinter ihm fiel Schnee, der für jeden Gentleman, der morgen reiten wollte, eine Herausforderung darstellen würde.

Vaughns Eindruck von Darby war, dass er ein ziemlich fleißiger Mann war. Ein Mann, der sich mit den Wissenschaften beschäftigte. Genau wie seine Tochter, wie es schien. Er vermutete, dass sie den Aufsatz geschrieben hatte, den sie begutachtet hatte, und sie hatte versucht, diese Tatsache vor ihm zu verbergen. Aber ihr Gesichtsausdruck hatte sie verraten. Ihr Gesicht war so offen gewesen, ihre Augen in diesem Moment so ernst, als würde sie sich nach seiner Anerkennung sehnen.

Zweifellos hatte sie Angst, er würde wie jeder andere Mann ihre Ideen ablehnen. Aber ihre Argumente waren stichhaltig und ihre Schlussfolgerungen logisch. Es war eine Arbeit, die es wert war, veröffentlicht zu werden, unabhängig davon, wer sie geschrieben hatte. Er würde einen Weg finden, sie davon zu überzeugen, sobald sie verheiratet waren.

„Ah, Lord Darlington. Ich habe Euch schon erwartet," gluckste Darby, als er das Vergrößerungsglas absetzte.

„Nun, ich war mir nicht sicher, ob... Eure Tochter Euch informiert hat." Vaughn befand sich hier auf unbekanntem Terrain. Er hatte nie erwartet, in dieser Situation zu sein, und doch war er hier.

„Die Verlobung? Sie hat es erwähnt. Ich war natürlich ein wenig überrascht. Perdy erzählt mir fast alles, und Euch hat sie noch nie erwähnt. Außer im vergangenen September." Darby musterte ihn mit gesunder, aber freundlicher Neugierde. Das überraschte Vaughn. Die meisten Väter mit unverheirateten Töchtern hätten einen Mann wie ihn von ihren Ländereien gejagt, wenn sie nicht verzweifelt wären. Doch Darby war seiner Tochter weit ähnlicher als Vaughn vermutet hätte. Er war von rationalem Verstand, genau wie sie.

„Ich gebe zu, wir hätten sofort zu Euch kommen sollen, aber ich wollte sie nicht in irgendeine Verpflichtung verwickeln, bevor sie sich nicht sicher war, dass sie mich heiraten wollte."

Darby gluckste. „Edle Worte für einen von Londons berüchtigten Schurken, wie ich höre. Ihr gehört nicht zur *League of Rogues*, oder?"

Vaughn schüttelte den Kopf. „Nein, gewiss nicht." Die Liga war nicht einfach irgendein Club, dem man beitreten konnte, auch wenn der Klatsch und Tratsch davon sprach, als wäre sie es. Mit Ashton Lennox, einem Mitglied der Liga, zu verkehren, war so nahe dran, wie er der Liga jemals kommen würde.

„Gut, gut. Ihr seid also hier, um mich um Erlaubnis zu bitten, Perdita zu heiraten?"

Er nickte.

„Nun, wie Ihr wisst, hat meine Tochter ihr eigenes Herz und ihren eigenen Verstand. Meine Meinung hat in dieser Angelegenheit wenig Gewicht. Sie wird genau das tun, was ihr gefällt."

„Das mag stimmen", antwortete Vaughn. „Aber ich glaube auch, dass sie Eure Meinung schätzt. Ich fühle mich verpflichtet, jeden Test zu bestehen, den Ihr mir zumutet, damit sie das Gefühl hat, dass Ihr die Verbindung ebenfalls akzeptiert."

Darby legte den Kopf schief. „Ist Euch bekannt, dass

ein anderer Gentleman hier im Haus sein Interesse an Perditas Hand bekundet hat?"

„Samuel Milburn? Ja, das ist mir bekannt, obwohl er keine Ahnung von unserer Verlobung hat. Wir hatten gehofft, dass Ihr unsere frohe Botschaft heute Abend beim Dinner verkündet. Wir glauben, es könnte den anderen Anwerber dazu bringen, sich eine andere Braut zu suchen." Vaughn wusste genau, dass es schwer sein würde, Milburn davon abzuhalten, seine Erpressung fortzusetzen, aber insgeheim hoffte er, dass Milburn aufgeben würde, sobald er sah, dass Vaughn sie tatsächlich heiraten wollte... vorausgesetzt, er konnte sie davon überzeugen, dass es eine gute Idee wäre.

„Ich verstehe."

Vaughn wartete, aber Darby sprach nicht weiter.

„Werdet Ihr die Ankündigung machen?", fragte er.

Anstatt Vaughn zu antworten, strich der ältere Mann über sein Kinn und musterte Vaughn, als wäre er eine Muschel unter seinem Vergrößerungsglas.

„*Warum* wollt Ihr meine Tochter heiraten? Ich bin mir Eurer finanziellen Schwierigkeiten bewusst, aber es gibt viele Erbinnen, die weit mehr wert sind und die Ihr sicher leicht für Euch gewinnen könntet. Was macht meine Perdita so interessant für Euch?"

Das war die Prüfung, die er erwartet hatte. Er musste vorsichtig, aber auch ehrlich antworten. Darby hatte den Blick eines Mannes, der einen Menschen gut lesen konnte.

Vaughn griff nach einer Muschelschale und untersuchte sie.

„Was macht diese Muschelschale wert, genauer untersucht zu werden als die anderen, die in Euren Regalen lagern? Die Farbe dieser Muschel und das exquisite Muster ihrer Rillen machen sie einzigartig. Perdita ist nicht wie andere Frauen, die ich kenne. Sie ist aufrichtig. Sie fordert mich ohne Angst heraus, und das finde ich einnehmend. Sie ist auch ein verdammt kluges Geschöpf. Wusstet Ihr, dass sie die Veröffentlichung ihrer wissenschaftlichen Artikel über Astronomie anstrebt? Sie sagte mir, sie lese sie für einen Herrn durch, aber die Handschrift ist zu klar und sauber, um von einem Mann zu stammen. Ich habe sie sofort als ihre erkannt. Ihre Schlussfolgerungen sind brillant, und ich habe vor, alles in meiner Macht Stehende zu tun, um sie bei ihren Bemühungen zu unterstützen." Er lächelte bei dem Gedanken. „Zu sehen, wie sie diese alten Kerle von der *Society of Astronomy* vorführt, wäre ziemlich befriedigend." Vaughn hielt inne, als ihm bewusstwurde, dass er wie ein kleiner Junge von Perdita geschwärmt hatte.

Mr. Darby beobachtete ihn mit offenem Amüsement. „Es freut mich, dass Eure Zuneigung so aufrichtig ist. Aber ich werde meinen Segen nicht geben, bis Ihr Eure Liebe unter Beweis stellt. Sie kann Euch heiraten oder nicht, aber seit Euch sicher, dass ich ein Auge auf Euch habe, Darlington. Brecht ihr das Herz und ich vergrabe

Euch in meinen Wäldern, wo Euch niemand je finden wird."

Diese Drohung war zwar in einem freundlichen Ton ausgesprochen worden, aber unerwartet gekommen. Darby sorgte sich sehr um seine Tochter. Es hätte den älteren Mann stolz gemacht, zu wissen, dass seine Tochter ihn ebenso heftig beschützte, aber da Perdita ihrem Vater gegenüber nichts von der Erpressung erwähnt hatte, würde Vaughn ihrem Beispiel folgen und sein Schweigen zu diesem Thema wahren.

„Verstanden."

„Gut. Warum helft Ihr jetzt nicht den anderen jungen Burschen, den besten Weihnachtsbaum auszusuchen? Wir sollten die Lichter am heutigen Abend entfachen."

„Natürlich." Vaughn ließ Darby in seinem Arbeitszimmer zurück und bat einen vorbeigehenden Diener, ihm Mantel, Hut und Handschuhe zu bringen. Als er die Eingangstür erreichte, fand er dort bereits eine Schar junger Männer vor, die alle warm angezogen waren. Sie unterhielten sich und lachten, während sie sich für das Weihnachtsbaumsammeln vorbereiteten.

„Gehst du mit ihnen?"

Perdita tauchte plötzlich an seiner Seite auf. Mein Gott, diese Frau konnte sich anschleichen. Sobald sie verheiratet waren, würde er Glöckchen auf ihr Kleid nähen lassen müssen, damit er sie kommen hörte.

„Ich wurde von deinem Vater angewiesen, den anderen

zu helfen." Er nahm dem Diener, der mit seiner Kleidung zu ihm geeilt war, den Mantel ab.

„Du hast auf meinen Vater gehört? Meine Güte, Lord Darlington, was sollt Ihr denn Vernünftiges tun? Ich schwöre, dass Ihr bei diesem Tempo Euren teuflischen Ruf verlieren werdet", neckte sie ihn, und er bewunderte das Funkeln in ihren Augen, als sie es tat.

„Als *Gentleman*", betonte er, „würde ich Euch gerne dazu einladen, Euch uns anzuschließen."

Ihre geschwungenen Brauen hoben sich. „Wahrhaftig? Die meisten Männer würden nicht auf die Idee kommen, eine Frau einzuladen, an einem so heiligen und männlichen Ritual teilzunehmen."

Vaughn warf einen Blick auf die Ansammlung eifriger junger Burschen, die sie umgaben, und seufzte dramatisch.

„Miss Darby, bitte erweist mir die Ehre, mich vor diesem Haufen von Böcken abzugrenzen, die mich mit ihren albernen Possen sicher zum Trinken treiben werden, wenn ich nicht ein vernünftiges Wesen wie Euch als Begleitung habe."

Sie kicherte. „Wenn das so ist, nehme ich an. Lasst mich meinen Mantel und meine Handschuhe holen."

Er konnte die Erregung nicht leugnen, die bei dem Gedanken, mehr Zeit mit ihr zu verbringen, in ihm aufflammte. Als er ihr vorhin in der Bibliothek begegnet war, hatte sie ihn aufgehalten. Früher hatte ihn immer der Anblick von nackten Frauen in seinem Bett am meisten erregt, aber bei Perdita war es etwas anderes. Sie war feurig, forderte ihn heraus und doch war sie verführerisch und süß. Er hatte nicht gewusst, dass eine Frau eine so komplexe Persönlichkeit haben konnte. Er fand, dass er diese Tiefe an ihr sehr mochte.

Als er sie am Fensterplatz in der Bibliothek erspäht hatte, hatte er gewusst, dass er einen Weg finden musste, um ihre Leidenschaft zu wecken, aber er hatte nicht erwartet, von ihren Reaktionen so berührt zu werden. Sie in der Bibliothek zu halten, sich vorzustellen, wie sie heimlich Astronomieaufsätze schrieb und sich über die Konventionen der Gesellschaft hinwegsetzte, sich dann auszumalen, wie sie unter seinen forschenden Händen errötete, während sie ihm vertraute, dass er sie zum Höhepunkt bringen würde... es fühlte sich einfach richtig an.

Dieser Plan einer falschen Verlobung hatte als Weg aus dem finanziellen Ruin begonnen, aber alles hatte sich geändert. Doch das spielte nun keine Rolle mehr. Was jetzt zählte, war, ihr Herz zu gewinnen und sie als seine Ehefrau zu beanspruchen. Er wusste, dass er sich mit keiner anderen Frau zufriedengeben würde. Sie war ein bodenloser See voller Geheimnisse, eine Zauberin, die ihn mit ihren unschuldigen Lippen und Augen anlockte. Er war fest davon überzeugt, dass er Jahre damit verbringen könnte, herauszufinden, wer Perdita wirklich war.

Vaughn stellte sich immer noch vor, wie sie schmeckte, als er bemerkte, wie Samuel Milburn ihn von der anderen Seite des Korridors her anstarrte. Der Mann blickte finster drein.

Milburn nickte. „Darlington.“

Vaughn ignorierte den säuerlichen Blick, der ihm zugeworfen wurde, und erwiderte das Nicken. Dann kam Milburn herüber und wich den anderen jungen Männern aus, die wie Welpen in der Halle herumhüpften.

„Ihr jagt Miss Darby hinterher, nicht wahr?“, fragte er.

„Ihr hinterherjagen? Nein. Ich habe sie bereits gefangen.“ Er lächelte langsam und beobachtete, wie der andere Mann die Bedeutung seiner Worte verstand.

„Sie gefangen? Meint Ihr damit...“

„Wir sind verlobt. Die Bekanntgabe soll heute Abend beim Essen erfolgen.“ Vaughn zog seine Handschuhe an und legte seine übliche unbekümmerte Art an den Tag. Er wollte nicht, dass Milburn Verzweiflung oder Dringlichkeit in seinem Gebären wahrnahm. Dieser Mann durfte den wahren Zweck ihrer Vereinigung nicht erkennen.

Milburns Wangen röteten sich, und seine Augen verengten sich zu schlitzen. „Wann habt Ihr Perdita den Hof gemacht? Sie war in den letzten Monaten auf dem Land, und ich weiß, dass Ihr die Spielhöllen in London besucht habt.“

Milburn war zu scharfsinnig für sein eigenes Wohl. Vaughn hatte seine Handschuhe angelegt und wölbte eine Braue. „Man kann von einem Gentleman nicht erwarten, dass er seine Geheimnisse preisgibt.“ Sollte der Bastard doch denken, was er wollte.

„Ich hatte selbst Absichten ihr gegenüber. Ich hatte bereits mit Darby gesprochen.“ Milburns Stimme verwandelte sich in ein tiefes, warnendes Knurren. Das hätte einige Herren gestört, vor allem diejenigen, die Milburns grausame und ausfällige Art kannten. Aber Vaughn gehörte nicht zu ihnen.

„Tut mir leid, Euch zu sagen, dass ich zuerst da war, alter Junge. Und Ihr wisst, dass ich nicht die Absicht habe, das, was mir gehört, mit irgendeinem Mann zu teilen." Vaughn klopfte dem anderen Mann auf die Schulter. Er spürte, wie die Spannung zwischen ihnen anstieg. Sie waren keine dummen jungen Burschen, die gerade aus dem Schulzimmer kamen. Sie waren Männer, bereit, wie Hirsche um ein Revier zu kämpfen. Vaughn war mehr als bereit, den Bastard um Perditas willen zu bekämpfen. Er würde liebend gern seine Knöchel in Milburns Gesicht blutig schlagen.

Milburn schien bereit zu sein, weiter zu argumentieren, doch dann erschien Perdita am oberen Ende der Treppe und trug einen roten Mantel mit weißem Hermelinpelz an den Rändern. Ihr dunkles Haar war ihrer locker hochgezogenen griechischen Frisur entkommen, und leuchtend rote Bänder waren in ihr Haar geflochten worden, um ihre Locken zurückzuhalten. Sie war ein absolut köstliches Geschöpf.

Und sie gehört ganz mir.

Vaughn grinste eifrig, als sie die Treppe herunterkam, und hielt ihr die Hände hin. Sie legte ihre behandschuhten Hände in seine und erlaubte ihm, sie einen Moment zu betrachten. Sie trug einen warmen Mantel, aber ihr Kleid schien ein bisschen zu dünn für einen Spaziergang im Wald.

„Wird es Euch auch warm genug sein, meine Liebe?", fragte er, aufrichtig besorgt. Man stürmte nicht in einem feinen Tageskleid durch einen verschneiten Wald.

„Ja. Es ist nicht mein bestes Kleid, aber ich wollte mir das Erlebnis nicht entgehen lassen, nur weil ich mein Kleid wechseln sollte." Als sie die Nase rümpfte, wirkte sie hinreißend süß, und Vaughn konnte sich ein Lächeln nicht verkneifen. Verdammt, seit wann wirkte eine solch süße Frau jemals so anziehend? Seine bisherigen Bettpartnerinnen waren launisch, sinnlich und so freundlich wie läufige Katzen gewesen, aber Perdita war nicht wie sie, und er empfand es als erfrischend. Sie drehte sich um, als würde sie erst jetzt bemerken, dass Milburn neben ihnen stand.

„Oh, entschuldigt bitte, Mr. Milburn. Habe ich Eure Unterhaltung unterbrochen?" Ihre großen Augen waren voller Unschuld, aber Vaughn wusste, dass sie sie absichtlich unterbrochen hatte. Er war froh darüber.

Vaughn antwortete für ihn. „Nein, das habt Ihr nicht. Wir haben nur ein wenig geredet, nicht wahr, Milburn?", forderte er seinen Rivalen mit einem trägen und etwas verächtlichen Blick heraus.

Milburns dunkle Augen brannten mit einem hasserfüllten Feuer, aber er konnte seine Beherrschung nicht vor den anderen Gästen verlieren. Er stürmte davon und schubste ein paar Burschen so heftig aus dem Weg, dass sie grummelten und sich verärgert die Mäntel bürsteten.

„Da kommt keine Urlaubsstimmung auf", sagte einer von ihnen.

Vaughn wandte sich an seine Verlobte. „Meine Güte, war das aufregend. Ein bisschen so, als würde man einen wütenden Bären ärgern." Er schmunzelte und bot Perdita seinen Arm an.

Es schien, als hätten die anderen beschlossen, dass sie bereit waren, aufzubrechen, und die Schar der Männer stürmte plötzlich in einer Masse aus flatternden Mänteln und klappernden Stiefeln aus der Vordertür. Sie hüpften in den Schnee wie junge Hetzhunde auf der Jagd.

Perdita kicherte, als die Männer ihr wildes Abenteuer in Richtung des Waldes begannen, der das Grundstück begrenzte. „Himmel, sieh dir nur an, wie sie rennen. Man könnte meinen, sie wären eine Woche lang im Haus eingesperrt gewesen."

„Mylady." Vaughn ergriff sie an der Taille und hob sie hoch, um sie auf einem Pfad abzusetzen, der von einigen eifrigen Männern getrampelt worden war. Es würde für sie viel leichter sein, auf festgetretenem Schnee zu gehen und ihre Röcke anzuheben.

Perdita drehte den Kopf, um ihre geröteten Wangen zu verbergen, dann hob sie mit einer Hand ihr Kleid an und begann zu laufen. Vaughn nahm ihren anderen Arm, und sie gingen gemeinsam in den Wald. Wegen des starken Schneefalls zwitscherten nur ein paar wenige Vögel in den

Bäumen, und Vaughn konnte der Versuchung nicht widerstehen, Perdita zu necken.

„Sieh mal, dort." Er zeigte mit der freien Hand auf einen blau-gelben Vogel mit schwarzen Markierungen um Hals und Augen. Er klammerte sich fest an einen winzigen kahlen Ast eines gedrungenen kleinen Baumes.

„Oh, er ist wunderschön." Perdita hielt inne, um den Vogel zu beobachten. Der Ast war so dünn, dass das Gewicht des Vogels ihn zum Wippen brachte, während die Kreatur ihre Position anpasste und mit den Flügeln flatterte.

„Das ist eine Blaumeise", erklärte er. „Meisen werden im Winter immer bläulich, wenn es kalt ist. Die Kohlmeise, ein artverwandter Vogel, hat eine ähnliche Zeichnung, aber ist ein viel größerer Bursche... ich nehme an, du willst nicht hören, wie ich Buchfinken beschreibe? Sie haben diese attraktive rosa Brust."

Sie sah aus, als ob sie ihn schlagen wollte, aber besann sich dann eines Besseren. Perdita schnaubte und ging ein paar Schritte voraus, bevor sie sich bückte. Bevor er merkte, was sie vorhatte, war sein Gesicht schon voller Schnee.

Er wischte sich die pudrigen Rückstände aus dem Gesicht und stotterte.

„Das wirst du mir büßen, mein Schatz." Er kniete sich hin und begann, seinen eigenen Schneeball zu formen. Als er sich erhob, bereit zu zielen, war keine Spur mehr von ihr zu sehen.

Aber ihre zierlichen Stiefelabdrücke waren deutlich im Schnee zu erkennen und führten tiefer in den Wald hinein. Mit einem wölfischen Grinsen begann er, sich an seine Lady heranzupirschen, um im verschneiten Wald nach Spuren eines roten Umhangs zu suchen. Wenn er seine rothaarige Lady erwischte, würde sie für ihr teuflisches Verhalten bezahlen, und sie würden beide jede Minute davon genießen.

✤ 6 ✤

Perdita wickelte die Ränder ihres Umhangs fest um ihren Körper, um zu verhindern, dass er am Fuß des großen Baumes, hinter dem sie sich versteckte, sichtbar wurde. Einen Schneeball nach Vaughn zu werfen, war eine viel zu große Versuchung gewesen, der sie nicht widerstehen konnte. Sie mochte es, ihn aufgewühlt und überrumpelt zu sehen. Er wirkte realer und ein bisschen weniger wie der Schurke aus den verbotenen Tagträumen eines Schulmädchens. Nicht, dass sie diese Seite an ihm störte, aber sie sehnte sich danach, den echten Vaughn kennenzulernen, nicht die Fassade, die er dem Rest der Welt zeigte.

Nachdem sie den Schneeball geworfen hatte, wusste sie, dass er sich rächen würde, zweifellos auf eine teuflische Art und Weise, die sie atemlos und zittrig machen würde. Also hatte sie den Schwanz eingezogen und war geflohen, um die Verfolgung für sie beide lohnender zu machen.

Sie hätte lieber ihren weißen Mantel als den roten wählen sollen, aber ihr hatte der Kontrast von Rot im Schnee so gefallen.

Und jetzt werde ich dafür bezahlen.

Weit vor ihr konnte sie die jungen Männer bei ihrer Suche nach dem perfekten Weihnachtsbaum erkennen. Sie brauchten einen Großen, der zwölf Tage lang durchhalten würde.

Perdita wandte ihre Aufmerksamkeit wieder dem Wald zu. Sie schloss die Augen und nahm die Geräusche um sie herum wahr. Das Geschnatter der Blaumeisen und das gelegentliche Knacken und Knarren gefrorener Äste waren die einzigen Geräusche, die sie vernehmen konnte. Sie öffnete die Augen und fragte sich, wohin Vaughn gegangen war, oder ob er sich überhaupt bewegt hatte. Als sie um den Baum herumspähte, erwartete sie fast, ihn in der Nähe zu sehen, bereit, sich auf sie zu stürzen. Doch nichts tat sich. Der Wald war bis zu dem Pfad, der zum Haus führte, leer.

Wohin, zum Teufel, war er gegangen? Sie wandte sich wieder dem Wald zu. Vaughn war irgendwie an ihr vorbeigepirscht! Ihr Herz raste ihr in der Brust, ob seines plötzlichen Auftauchens aus dem nichts. Er drückte sie gegen den nächsten Baum und legte ihr eine behandschuhte Hand über den Mund.

„Du hast dein köstliches Hinterteil unbewacht gelassen, Süße." Sein Glucksen war sanft und verrucht, genau wie sein Lächeln in diesem Moment. Er presste seinen Körper gegen ihren, seine Hüften gegen ihren Bauch. Sie hatte sich noch nie so klein und verletzlich gefühlt wie in diesem Moment. Es hätte sie erschrecken müssen. Jede junge Frau in einer ähnlichen Lage hätte sich gefürchtet, aber es setzte ihr Blut in Flammen, als Vaughn sie wie ein dunkler Winterwaldgott gefangen hielt.

Ich bin genauso verrucht wie er. Diese Erkenntnis wurde unter einem Ansturm von Empfindungen begraben, als Vaughn seine Hand von ihrem Mund nahm und sie küsste. Es war eine unbarmherzige Art von Kuss, ein Kuss, der sie kennzeichnete, sie eroberte und sie daran erinnerte, dass sie ihm gehörte... allerdings nicht auf die Art, wie es ein Mann wie Milburn tun würde. Vaughn *besaß* sie nicht, und er wollte ihren Willen gewiss nicht brechen. Aber in diesem Wald, umgeben vom Schnee und der Stille, gehörte ihm ihre Seele für einen gestohlenen Kuss.

„Du bist klug", flüsterte er ihr ins Ohr. „Aber nicht schnell genug, fürchte ich. Soll ich dich also gleich hier bestrafen?" Er schob eine Hand unter ihren Mantel, um ihren Po zu streicheln. Ihr Körper brannte bei der Berührung, auch wenn sie sich fragte, welche Art von Bestrafung er ihr zufügen würde.

„Bitte, Vaughn", murmelte sie, nicht sicher, worum sie eigentlich bat. Sie legte ihre behandschuhten Hände auf seine Schultern, grub ihre Finger hinein und hielt sich an ihm fest. Er neigte ihren Kopf nach oben, indem er seine Finger unter ihr Kinn legte.

„Oh, die Dinge, die ich mit dir tun könnte…" Er musterte sie, bevor sein Blick auf ihren Lippen zur Ruhe kam. „Aber ich glaube, ein Kuss ist das, was du verdienst." Er zog seine Hand unter ihrem Kinn weg und biss in die Spitzen seiner behandschuhten Finger, um das Leder von seinen Fingern zu reißen. Er ließ den Handschuh neben ihnen in den Schnee fallen.

„Ja, bitte küss mich." Ihr Blick ruhte auf seinem Mund, als sie ihn ermutigte. Er hatte die makellosesten Lippen, solche, die weich, warm und sinnlich waren. Die Art, die über ihre nackte Haut glitten und mit ihren eigenen Lippen verschmolz und die Welt um sie herum auszulöschen schien, bis nichts anderes mehr existierte.

„Heb deine Röcke", knurrte er in einem dunklen und fordernden Ton.

Sie zitterte und flüsterte zurück: „Was? Warum?"

Vaughn wölbte eine Augenbraue auf eine Art und Weise, die sie langsam erkannte… Sie wusste, dass sie sich auf gefährliches Terrain begab, wenn sie ihn hinterfragte. Eine Lady, die ihn bat, seine Verführungsstrategie zu erklären, könnte mehr bekommen, als sie erwartete. Vaughn hatte ihr schon einmal den Hintern liebevoll versohlt. Der Gedanke hatte sie zunächst erschreckt, aber seine Vorstellung von einer solchen Tat war nicht grausam oder missbräuchlich, sondern lustvoll. Der Gedanke, dass er mit seiner Hand leicht auf ihren Po klopfte, war unbestreitbar erotisch, und sie wollte mehr davon erleben.

„Hebe sie jetzt an und bitte mich, dich zu küssen, Liebes." Seine Stimme war tief und sanft. „Wenn du es richtig machst, werde ich dich belohnen. Machst du es nicht, bestrafe ich deinen süßen kleinen Hintern. Es ist mir egal, ob ich dich im Schnee über meinen Schoß legen muss, damit alle es sehen."

Ihr Herz hämmerte, während sie sich umsah, weil sie Angst hatte, jemand könnte sie sehen. „Aber..."

Seine Hand umfasste ihr Kinn, sodass sie sich nur auf ihn konzentrieren konnte.

„Keiner wird uns sehen, Liebling. Die Männer sind alle zu weit weg." Er schwang seinen Mantel über ihre linke Seite und schirmte sie so vor jedem ab, der sie aus dieser Richtung sehen könnte. „Jetzt hebe deine Röcke und bitte mich um einen Kuss. Und während du das tust, wirst du mich Mylord nennen."

Die selbstsichere Haltung seines Körpers, als er sich zurückzog und ihr Raum gab, ihre Röcke zu heben, war fast so frustrierend wie aufregend. Perdita umklammerte ihre Röcke und hob sie hoch, sodass ihre Unterwäsche zum Vorschein kam. Die kalte Luft traf ihre Beine und ließ sie frösteln.

„Bitte küsst mich..." Sie zögerte, und ihre Wimpern senkten sich für einen Moment... Aber nur für einen Moment. „Mylord."

„Unverschämtes, kleines Geschöpf. Aber das reicht für den Moment." Sein herablassender Ton ließ sie stutzen.

Aber sie hatte keine Zeit, ihm zu antworten. Er lehnte sich zu ihr herunter und eroberte ihren Mund mit seinem. Beinahe hätte sie ihre Röcke fallen lassen, aber seine nackte Hand war plötzlich zwischen ihren Schenkeln. Er ließ seine Finger nicht in sie gleiten, nicht wie in der Bibliothek. Er berührte nur die empfindliche Knospe an der Spitze ihres Hügels. Er drückte darauf, dann bewegte er die Fingerkuppen in kleinen, kreisenden Bewegungen.

Perdita zitterte und versuchte, sich abzuwenden. Sie war zu empfindlich, was durch die Kälte noch verschlimmert wurde, aber er packte sie um den Hals. Er drückte nicht zu, sondern hielt sie mit einem sanften, aber besitzergreifenden Griff fest. Sie war eine Gefangene seiner köstlichen Qualen. Perdita wölbte ihren Rücken und wusste, dass sie sich ihm hingeben musste, und in diesem Moment wollte sie auch nichts mehr als das.

Seine Zunge fuhr die Fülle ihrer Lippen nach, während sie ihn hungrig zurückküsste. Sein Mund war eindringlich, forschend und fordernd. Es war genau das, was sie an ihm liebte.

Die Erkenntnis fuhr wie ein Ruck von Empfindungen durch ihren Körper und verstärkte das Gefühl seiner Fingerspitzen zwischen ihren Schenkeln. Sie wollte ihm gehören, die einzige Frau sein, die seine dunkle Seite kannte... eine Seite, die zu ihrer eigenen passte.

Wir sind Zwillingsseelen, die sich umeinander schlingen,

immer auf der Suche nach dem nächsten Kuss, der nächsten anhaltenden Liebkosung.

Ihr Körper bebte, als die Lust sie überrollte. Sie lehnte sich mit dem Rücken gegen den Baum und Vaughns Mantel schirmte sie ab, während die Wellen der Lust weiter durch sie hindurchströmten. Er neckte sie noch ein paar Sekunden, bevor er seine Hand zurückzog und ihre Röcke wieder an ihren Platz fallen ließ. Dann nahm er seine Lippen von ihren. Sie waren sich körperlich nahe, aber sie wusste, dass sich auch in allen anderen Dingen vereint waren. Sie hätten ein einziges Wesen sein können, ein schlagendes Herz und eine Seele.

Als sich Vaughns Lippen diesmal zu einem Lächeln verzogen, war darin keine Verruchtheit zu erkennen, nur eine jungenhafte Freude, die sie zuvor noch nie bei ihm gesehen hatte. Ihr Herz überschlug sich bei diesem Anblick. Die kühle Intensität seines Blickes war verschwunden. Sie sah seine geheime Seite, nach der sie sich gesehnt hatte. Es war, als wäre sie auf einen alten Dachboden gewandert und auf ein Porträt gestoßen, das mit alten Vorhängen verhüllt war. Sie hatte den verblichenen Stoff weggezogen, und als sich der Staub lichtete, beleuchtete das Sonnenlicht aus einem hohen Fenster das verborgene Gesicht, das nur für sie in Öl gemalt worden war.

Es war ihr eigener privater Moment, einer, den sie niemals mit dem Rest der Welt teilen würde. Ein Stück von ihm, das ihr gehörte, wenn auch nur für diesen

Moment in ihrer Erinnerung. Diese träumerische Intimität hielt sie beide in ihrem Bann.

Diesmal beugte sich Vaughn langsam vor, und sein nächster Kuss war süß, sanft und doch intensiv. Seine Lippen verweilten und verführten ihre zu einem langsamen, spielerischen Tanz, der ewig zu dauern schien. Sie schlang ihre Arme um ihn, streichelte seinen Nacken und brachte ihn zum Zittern, als sie die empfindliche Stelle erreichte, wo sein Hals auf seine Schultern traf.

„Was zum Teufel machst du nur mit mir?", murmelte er. Die Verwirrung in seiner Stimme war sanft und süß, was sie gegen seinen Mund lächeln ließ.

„*Ich*? *Du* bist es doch, der mich verhext hat", antwortete sie.

„Dann stehen wir beide unter einer Art Bann." Er strich mit seiner behandschuhten Hand über ihre Wange, bevor er seinen Mantel von ihrem Körper fallen ließ und sich bückte, um seinen weggeworfenen Handschuh aufzuheben. Sie musste ihn loslassen, und ihre Arme fühlten sich ohne ihn leer an.

Vaughn räusperte sich. „Wir sollten die anderen einholen, bevor wir hier gesehen werden." Er zog seinen Handschuh wieder an und hielt ihr dann die Hand hin. Sie nahm sie, und sie machten sich auf den langen Weg in den Wald, um die anderen Männer einzuholen.

Der Rest der Gruppe war schon tief in den Wald vorgedrungen, als sie sie fanden. Sie hatten einen Baumstamm entdeckt, bei dem sie sich einig waren, dass er sich perfekt als Weihnachtsbaumstamm eignen würde.

„He, Darlington. Willst du dem Biest einen ordentlichen Hieb verpassen? Wir sind so gut wie fertig." Einer der jungen Männer hielt eine große Axt hoch und richtete die Klinge auf den umgefallenen Stamm.

„Sehr gerne." Vaughn nahm seinen Mantel ab und warf ihn dem jungen Mann zu, bevor er die Axt an sich nahm.

Perdita trat zurück, ebenso wie die anderen, um Vaughn genug Platz zum Schwingen zu geben.

Er schwang die Axt, als wäre er ein wahrhaftiger Holzfäller und hätte nie etwas anderes in seinem Leben gemacht. Die silberne Klinge fuhr durch die Luft und versank mit einem dumpfen Aufprall im Holz. Der Stamm brach mit vier harten Schlägen, und Vaughn bearbeitete ihn an vier verschiedenen Stellen, um den Baum von der zerfetzten Basis des Stumpfes zu trennen.

„Reicht das? Was meint Ihr?", fragte er.

„Ich glaube schon", antwortete einer der Männer. Vier andere beugten sich vor, um den Weihnachtsbaumstamm zu heben und mit dem beschwerlichen Prozess des Heimtragens zu beginnen. Vaughn ging, um seinen Mantel zu holen, und ein anderer junger Mann verwickelte ihn in ein Gespräch.

Perdita wollte sich zu ihm gesellen, aber eine solche Einmischung könnte unhöflich wirken.

„Ihr und Darlington seid also verlobt?", Milburns kalte Stimme ließ Perdita zusammenzucken. Er packte sie von hinten am Arm, drückte fest zu, und sie war wie angewurzelt, während er sie vor sich festhielt, den Arm hinter ihrem Rücken verdreht. Wenn er ihn noch weiter verdrehte, würde er brechen. Der Schmerz strahlte von ihrem Ellenbogen nach oben, und sie biss sich auf die Unterlippe, um nicht aufzuschreien.

„Lasst mich los. Ihr tut mir weh", zischte sie.

Milburn ignorierte sie. „Ich habe *vier Monate* damit verbracht, mit diesem alten Narren, den Ihr Euren Vater nennt, Freundschaft zu schließen, und jetzt akzeptiert Ihr einen anderen Mann in Eurem Bett? Das werde ich nicht dulden. Vergesst nicht, was ich Euch gesagt habe. Ich kann dem Magistrat jederzeit meine Beweise übergeben. Wenn ich das tue, droht Eurem Vater eine Gefängnisstrafe oder Schlimmeres."

Perditas Zunge schien anzuschwellen, und ihre Kehle schnürte sich vor Angst zu. „Ich habe es nicht vergessen."

„Dann schlage ich vor, Ihr kommt zur Vernunft und sagt Darlington, er soll die Verlobung lösen. Sonst wird Euer Vater für Eure Sturheit büßen."

Milburns Drohung war unmissverständlich. Er war so anders als Vaughn. Vaughn hatte sie mit Küssen und mit Vergnügen bestraft. Milburn war ein Feigling und eine grausame Bestie, die einfach jede ihrer Handlungen kontrollieren wollte. Trotz ihrer Angst kam die Wut an die Oberfläche. Sie musste gegen ihn ankämpfen. Wenn er gewann, so wie jetzt, würde sie nie frei sein.

„Lasst mich los, oder ich werde schreien. Dann werdet

Ihr gezwungen sein, den Gentlemen zu erklären, was Ihr getan habt." Sie drehte sich zu ihm um und die Kapuze fiel ihr vom Kopf. „Ihr mögt jede andere Frau in London ängstigen, aber *nicht mich*."

Sie riss ihren Arm aus seinem festen Griff und lehnte sich dicht zu ihm. „Ich könnte meine Verlobung mit ihm nicht lösen, selbst wenn ich es wollte." Es war eine Lüge, aber sie hoffte, Milburn würde sie glauben. „Lord Darlington wird mich nicht aufgeben, für nichts auf der Welt. Wenn Ihr mir oder meiner Familie etwas antut, werdet Ihr seinen Zorn zu spüren bekommen. Vergesst das nie", zischte sie. „Wenn Ihr noch einmal so mit mir sprecht, werde ich Euch von den Hunden von meinem Grundstück jagen lassen, bis Eure Füße wund und voller Blasen sind." Sie starrte ihn mit festem Blick an, wie man es bei einem gefährlichen Tier tun würde, bevor sie sich umdrehte und davonging.

Höflichkeiten hin oder her, sie würde sich Vaughns Gespräch anschließen. Sie hatte die Beherrschung verloren und konnte die Angst, die durch die Begegnung mit Milburn entstanden war, nur schwer niederkämpfen. Sie zu packen und ihr so zu drohen? Er war kühner in seinen Absichten als sie jemals hätte erahnen können. Und weitaus gefährlicher, als sie hatte glauben wollen.

Perdita hatte gehofft, ihre falsche Verlobung mit Vaughn würde ihn abschrecken. Das war eindeutig nicht der Fall. Sie hatte Vaughns Können nicht überschätzt, aber sie hatte Milburn deutlich unterschätzt. Er scheute sich nicht, seine vermeintlichen Beweise zu benutzen, um ihren Vater zu vernichten. Was sollte sie nur tun? Sie versuchte sich einzureden, dass er nur so handelte, weil sie seinen Stolz verletzt hatte. Vielleicht würde er mit der Zeit das Interesse verlieren. Dieser Plan musste funktionieren, sonst würde alles vorbei sein. Vaughn drehte sich um, als sie sich ihm näherte, die Maske der kühlen Unnahbarkeit fest auf seinem hübschen Gesicht verankert.

„Miss Darby." Er neigte den Kopf zur höflichen Begrüßung, und ein anderer Gentleman tat es ihm gleich. „Ist alles in Ordnung?"

Sie setzte ein falsches Lächeln auf und antwortete: „Ja." Sie wusste, wenn sie Vaughn erzählte, was passiert war, würde er die Axt, die er noch immer in der Hand hielt, dazu benutzen, Milburn in Stücke zu hauen. So verlockend der Gedanke in diesem Moment auch war, sie konnte nicht zulassen, dass dies geschah.

„Ist Euch kalt? Gerne biete ich Euch Geleit zurück zum Haus." Er bot Ihr galant seinen Arm an, bevor es ein anderer Gentleman tun konnte.

Sie nickte und schob ihren Arm durch seinen. „Ich danke Euch." Er reichte die Axt an die anderen zurück, und sie machten sich auf den Rückweg. Milburn war zunächst nirgends zu sehen, aber schnell entdeckte sie ihn ein Dutzend Meter entfernt, wo er mit einem seiner Begleiter sprach. Es beruhigte sie etwas. Aber sie hatte das schreckliche Gefühl, dass Samuel Milburn sich nicht von seinem Kurs abbringen lassen würde.

Vaughn lehnte an der Wand im hinteren Teil des großen Salons, der bereits voller Gentlemen in ihrer Abendgarderobe war. Ihm war im Moment nicht danach, sich an ihren Unterhaltungen zu beteiligen. Die Ladies waren in der letzten Stunde vor dem Abendessen paarweise nach unten gekommen, aber von Perdita gab es keine Spur.

Das gefiel ihm nicht. Sie war nicht die Art von Frau, die sich übermäßig lange mit der Vorbereitung ihrer Garderobe für das Abendessen aufhielt. Schuldgefühle nagten an ihm. Er befürchtete, dass das, was er im Wald getan hatte, einen Schritt zu weit gegangen war. Auf dem Rückweg war sie blass und wortkarg gewesen, und er hatte sie nicht aus ihren Gedanken reißen können, nicht einmal, um ihm mehr über ihre Liebe zur Wissenschaft zu erzählen. Er hatte sogar absichtlich einige Namen von Sternbildern falsch ausgesprochen, um sie zu necken, aber sie hatte ihn nicht korrigiert.

Ihr distanzierter Blick hatte an seinem Selbstvertrauen gezehrt. Er hatte sich noch nie Gedanken über seine Handlungen gemacht, aber bei Perdita zählte alles, was er tat.

Habe ich sie zu sehr gedrängt? Habe ich etwas verlangt, was sie nicht geben wollte? Die meisten sanftmütigen Ladies genossen seine besondere Art der Leidenschaft nicht... die Befehle, den Gehorsam, die Schmerzen, die in Lust übergingen. Deshalb verführte er nie unschuldige Jungfrauen und beschränkte seine Aktivitäten auf Witwen und Mätressen, die sein Verlangen teilten.

Als er Perdita heute im Wald geküsst hatte, hatte sie sich ihm so willig hingegeben und seine Welt um die eigene Achse gedreht, alles in Bewegung gebracht wie den Sand in einem Stundenglas. Er war immer noch verunsichert, denn sie war perfekt, stellte seine Selbstbeherrschung auf die Probe und er hatte sich zwingen müssen, sie nicht auf der Stelle zu nehmen. Aber vielleicht hatte er nur gesehen, was er sehen wollte. Vielleicht hatte sie Angst vor ihm gehabt und war gar nicht wirklich an ihm interessiert.

War er so ausgehungert nach den Berührungen einer Frau, dass er sie falsch eingeschätzt hatte? Versteckte sie sich sogar jetzt noch vor ihm, weil sie sich zu sehr für das schämte, was passiert war, und Angst hatte, er würde es wieder tun? Er konnte den Gedanken nicht ertragen. Er würde sich nicht verzeihen, wenn sich herausstellte, dass er sich geirrt hatte. Aber bevor er sie aufsuchen konnte, um sich zu entschuldigen, öffnete sich die Tür am anderen Ende des Salons und Perdita trat ein.

Sie trug ein rubinrotes Seidenkleid mit einem Volantsaum, der mit weißer Spitze besetzt war, als hätten sich Schneeflocken auf dem üppigen Stoff verfangen. Ihr Mieder war mit winzigen Blumen bestickt, und Puffärmel schmiegten sich an ihre elegant abfallenden Schultern. Ein paar lose dunkle Locken hüpften und strichen über ihre cremige Haut. Haut, nach der er sich sehnte. Er wollte sie kosten. Perdita war eine Vision der Lieblichkeit, und er fürchtete, dass er jede Chance, sie zu heiraten, zunichtegemacht hatte.

Vaughn hielt den Atem an, schritt auf sie zu und beobachtete sie, während sie mit anderen Gästen sprach. Er beobachte jede Neigung ihres Kopfes, jede Bewegung, versuchte herauszufinden, was in ihrem Kopf vorging. Sein Blut loderte in seinen Adern bei dem Gedanken an sie, aber die Angst hielt ihn zurück. Schließlich beschloss er, sie anzusprechen. Vielleicht würde ihr Ton ihm gegenüber mehr verraten.

Perditas Vater stellte sich zwischen ihn und sein Ziel. „Darlington."

Er begegnete dem amüsierten Gesicht des älteren Mannes mit erstickter Frustration. Er musste mit Perdita sprechen, um zu fragen, ob es ihr gut ging. Die letzte Person, mit der er jetzt sprechen wollte, war ihr Vater, ein

Mann, der ihn höchstwahrscheinlich erschießen würde, wenn er wüsste, was Vaughn mit seiner Tochter angestellt hatte.

„Ja?"

„Ich habe mit Perdita gesprochen, und sie hat zugestimmt, die Verlobung heute Abend bekannt zu geben. Ich dachte, ich würde während des Essens einen Toast aussprechen. Seid Ihr einverstanden?"

„Ihr habt mit ihr gesprochen?" Vaughn hing an seinen Worten und sein Herz raste. „Wann?"

Darby legte den Kopf schief. „Nachdem Ihr mit dem Weihnachtsbaum zurückgekommen seid. Ich nehme an, die Dinge haben sich nicht geändert, seit wir heute Nachmittag gesprochen haben?"

„Nein, gewiss nicht. Ich bin nur froh zu hören, dass sie mit Euch gesprochen hat." Es gab ihm einen Hoffnungsschimmer, dass sie vielleicht ihre Zeit im Wald doch genossen hatte und dass er sie nicht verschreckt hatte. Trotzdem könnte sie auch genauso gut einfach mit ihren Plänen fortfahren, um Milburns Annäherungsversuche zu unterbinden.

„Das hat sie." Darbys Augen blitzten auf. „Ich gebe zu, ich habe es nicht geglaubt, bis sie mir erzählt hat, wie sehr sie Euch mag. Ich werde meiner Tochter ihren Herzenswunsch nicht verwehren, aber...", er lehnte sich dicht an Vaughn heran, „...meine Drohung, Euch im Wald zu begraben, gilt noch immer. Ihr solltet ihr besser nicht das Herz brechen, sonst wird man Euch nie finden."

Vaughan nickte langsam, denn er verstand es gut.

„Nun dann." Darby klopfte ihm mit der Hand auf die Schulter und schritt davon.

Perdita hatte sich von ihren Gesprächspartnern losgerissen und beobachtete ihn. Er spürte, wie die Augen der Anwesenden, besonders die der Ladies, ihn auf Schritt und Tritt verfolgten, als er und Perdita sich in der Mitte des Raumes trafen. Sie tuschelten hinter ihren Fächern über dieses intime Treffen, spekulierten über jeden Blick, jedes Lächeln und jedes Wort, das sie austauschten. Er konnte sie nicht aufhalten und würde es auch nicht versuchen. Das war der Sinn dieser Scharade. Sie wollten, dass die Leute redeten, dass sie bemerkten, dass sie zusammen waren, und dass diese Nachricht Milburn immer und immer wieder erreichte, bis er die Hoffnung auf eine Vermählung verlor.

Einen Moment lang schwiegen sie beide, aber dann öffnete Perdita ihren Mund, um zu Sprechen und er hatte Angst vor dem, was sie sagen könnte. Er beeilte sich, ihr zuvor zu kommen. „Wegen heute... im Wald." Er suchte nach einem Zeichen des Entsetzens in ihrem Blick, bei der Erinnerung an diesen Moment. „Ich habe nicht... Ich hätte dich nicht dazu bringen sollen, dich mir hinzugeben."

Perditas Lippen öffneten sich noch weiter, und ihre Augen weiteten sich. „Aber..." Sie lehnte sich näher heran. „Mir hat gefallen, was wir getan haben." Sie runzelte die Stirn. „Hat es dich nicht befriedigt?" Sie hob eine behandschuhte Hand an ihre Lippen, und ihre Wangen erröteten plötzlich.

„Nein!" Er streckte die Hand aus, um ihre andere Hand zu ergreifen. „Das heißt...", stellte er auf ihren verletzten Ausdruck hin klar, „...ich habe es ebenfalls genossen. Zu sehr. Ich hatte Angst, dass ich dich erschreckt habe, dass du mein schwarzes Herz gesehen haben könntest und dass es zu viel für dich war." Er stockte, als ihm bewusstwurde, was er ihr gestanden hatte. Dinge, die kein Mann zu einer Frau sagen sollte. Er klang wie Vaughns Freund Ambrose. Dieser Narr hatte sich kopfüber in die Liebe zu Perditas Freundin gestürzt und nie zurückgeblickt. Vaughn hatte nicht die Absicht, sich zu verlieben, nicht einmal in seine zukünftige Frau. Er hatte sich immer gewünscht, eine Zuneigung zu seiner Frau zu haben, weil es eine Ehe glücklicher machen würde. Aber Liebe war zu gefährlich, ein zu flüchtiges Gefühl. Er wollte niemals sein schwarzes Herz für die Liebe riskieren.

Anstatt ihn zu beruhigen oder zu leugnen, dass sie Angst gehabt hatte, hob Perdita ihr Kinn. Ihre warmen braunen Augen schienen mit einer Mischung aus Belustigung und Hochgefühl zu glühen.

„Vaughn, wenn du versucht hättest, etwas mit mir zu machen, was ich nicht wollte, hätte ich es nicht zugelassen." Ihre Lippen verzogen sich zu dem Anflug eines Lächelns, und der Witz und die Zuversicht, von denen er befürchtet hatte, dass sie sie verlassen hatten, waren wieder zu sehen.

Trotzdem konnte er nicht widerstehen zu fragen: „Aber als wir zurückkamen, warst du so still. Ich war besorgt..."

„Der berüchtigte Schurke macht sich Sorgen um mich?" Sie lächelte immer noch, aber für einen kurzen Moment sah er den Schatten in ihren Augen. Dann war er verschwunden. „Ich gebe zu, meine Gedanken waren woanders", sagte sie. „Aber es hatte nichts mit dir zu tun oder mit dem, was zwischen uns vorgefallen ist."

Die Flut der Erleichterung, die er empfand, als er ihre Worte vernahm, war überraschend. Vaughn hatte bis zu diesem Moment nicht gewusst, wie sehr er sie sagen hören wollte, dass es ihr gut ging.

„Nun, ich fürchte, wir werden beim Essen nicht dicht beieinandersitzen. Mutter hat uns in der Sitzordnung auseinandergesetzt." Sie rümpfte die Nase, als sie ihre deutliche Abneigung gegenüber dieser Anordnung zeigte.

„Sie hat dich doch nicht etwa in die Nähe von..." Er zuckte leicht mit dem Kopf in Milburns Richtung.

„Nein, dem Himmel sei Dank." Perditas Augen leuchteten erneut auf. „Ich dachte, wir könnten uns nach dem Essen unterhalten. Wir müssen uns darauf vorbereiten, dass er uns zusammen sieht, richtig? Einmal unter vier Augen?" Ihr Blick fiel auf seine Lippen, und er konnte erahnen, was sie wirklich dachte. Das erregte Funkeln in ihren Augen war nicht zu übersehen. Das kleine Luder vermisste ihn eindeutig. Und auch all die verruchten

Dinge, die er tun konnte. *Wenn man bedenkt, dass ich besorgt war, dass sie es nicht genießen würde...*

Sie biss sich auf die Lippe. „Oh, je. Du grinst schon wieder."

„Hm?" Ihm war klar, dass sie recht hatte, aber er konnte nicht aufhören.

„Du machst mir Sorgen, wenn du so grinst. Wie ein Wolf, der ein ziemlich molliges Kaninchen gesichtet hat."

Sein Lächeln wurde breiter. „Ich mag meine Kaninchen mollig." Er schenkte ihr ein spielerisches Grinsen und entlockte ihr ein heißeres Lachen. Ihre Wangen röteten sich.

Die Tür zum Salon öffnete sich und das Abendessen wurde angekündigt. Vaughn verschränkte kichernd ihren Arm mit seinem.

Er beugte sich hinunter und flüsterte ihr ins Ohr. „Denk an unsere Zeit in der Bibliothek. Wann immer ich aus meinem Kelch Wein trinke, werde ich daran denken, wie du schmeckst." Vaughn spürte, wie sie erregt erschauerte. *Das* würde sie heute Abend beschäftigen, denn er hatte vor, eine Menge Wein zu trinken.

Die Paare versammelten sich im Speisesaal, ihre Stimmen erfüllten die Gänge. Darby House schien immer ein Ort des Lebens und der Freude zu sein, egal zu welcher Jahreszeit. Das goldene Lampenlicht, das von den schimmernden Abendkleidern reflektierte, malte ein hübsches Bild inmitten der feinen Einrichtung. Es lag eine lebendige Eleganz in der Luft, die von ausgegebenem, aber gut investiertem Geld sprach. Es war nichts im Vergleich zu seinen Eltern und wie diese ihr Haus geführt hatten.

Als sein älterer Bruder, Edward, gestorben war, hatte der Verlust seine Eltern zutiefst erschüttert. Als Ehepartner waren sie nie tief verliebt gewesen, aber sie hatten eine Liebe für ihren ältesten Sohn empfunden, die sie in der Trauer zusammengehalten hatte. Vor dem Tod seines Bruders war Vaughn nicht viel Beachtung geschenkt worden und nach seinem Ableben war es nur noch ein gezwungenes Interesse gewesen. Sein Vater hatte sich in seinen Club zurückgezogen und die Schulden hatten bald begonnen, sich anzuhäufen, während seine Mutter von Tag zu Tag mehr verkümmerte und manchmal stundenlang in Edwards Zimmer saß, ein Miniaturporträt an ihre Brust gepresst.

Die Bediensteten hatten sich wie Geister in dem düsteren, stillen Haus bewegt, und Vaughn hatte nicht die Kraft gehabt, sich gegen die Pläne seiner Eltern zu wehren, ihr Heim in ein Mausoleum für ihren toten Sohn zu verwandeln. Stattdessen hatte er sich eine Junggesellenwohnung in der Jermyn Street besorgt und war dort geblieben, bis sie gestorben waren. Es hatte ihn mit einer bittersüßen Sehnsucht für die Schönheit und die Wärme zurückgelassen, die er endlich hier in Darby House verspürte. Sein Wunsch, heimlich Perditas Hand zu gewinnen, wuchs, aber er zweifelte nun an seiner Fähigkeit, ihr das warme und glückliche Leben zu bieten, das sie verdiente. Er war nicht von vernünftigen, liebevollen

Eltern großgezogen worden wie sie, und er hatte nicht die geringste Ahnung davon, wie er so ein Leben für sie gestalten könnte.

„Nun runzelst *du* die Stirn", neckte Perdita und ahmte seinen finsteren Blick nach.

Er konnte sich ein leises Lachen nicht verkneifen. „Das tue ich. Tiefe Gedanken lassen mich immer die Stirn runzeln." Er vergrub seine dunklen Gedanken tief in seinem Inneren und fügte in leisem Flüsterton hinzu: „Ich denke, wir sollten uns heute Abend treffen. In der Bibliothek, nach Mitternacht?"

„Einverstanden", erwiderte sie ebenso leise.

Sie betraten den Speisesaal, und es gab keine Gelegenheit mehr, unter vier Augen zu sprechen. Vaughn begleitete Perdita zu ihrem Platz am anderen Ende des Tisches, bevor er zu seinem eigenen ging. Er saß in der Nähe von Perditas Mutter.

Verflucht. Er konnte Perditas Gesicht nicht sehen, denn die verschiedensten Dekorationen auf dem Tisch versperrten ihm die Sicht. Die bunten Federn eines großen, ausgestopften Fasans blähten sich auf, als wäre er bereit, in die Luft zu steigen. Vaughn konnte gerade noch Perditas anmutigen Hals durch einen Spalt im Flügel des Vogels erkennen.

Das Abendessen war nicht so genussvoll, wie er gehofft hatte. Er blickte zu dem älteren Gentleman, der zu seiner Linken saß. Dieser hatte einen besseren Blick auf Perdita.

Er sprach den älteren Herrn an. „Entschuldigt. Würde es Euch etwas ausmachen, mit mir den Platz zu tauschen?“

Das Gesicht des alten Mannes wurde tiefrot, während seine Augen schnell zu Mrs. Darby und wieder zu ihm zurücksprangen. „Plätze tauschen?“, schimpfte er. „Guter Gott, Mann, die Lady des Hauses befindet direkt neben Euch. Die Unantastbarkeit des Sitzplatzes einer Lady ist der Grundstein unseres Imperiums!“ Er verkündete dies so laut, dass es die überraschten Blicke der Ladies und Gentlemen in ihrer Nähe auf sich zog. Sogar Perdita starrte ihn an und Vaughn erkannte die Sorgenfalten auf ihrer Stirn.

Vaughn rieb sich mit einer Hand über das Gesicht und seufzte. *Eckpfeiler des Imperiums? Um Himmels willen.* Es ging doch nichts über eine öffentliche Demütigung während eines Weihnachtsessens, um selbst einen abgebrühten Schurken wie ihn zu beschämen. Er war halb versucht, den nächsten Weihnachtspudding zu finden und sein Gesicht hineinzustecken, um den Blicken zu entgehen. Der ältere Mann beobachtete ihn immer noch.

„Was zum Teufel bringt Euch dazu, den Platz tauschen zu wollen, junger Mann?“

Vaughn verschluckte sich fast. Junger Mann? So war er seit Jahren nicht mehr genannt worden. Er hatte sich auch seit Jahren nicht mehr so gefühlt. Er war siebenundzwanzig, kein Junge, der frisch von der Schule kam. Er räusperte sich.

„Ich hatte nur gehofft, einen besseren Blick auf eine

gewisse junge Lady zu haben." Verdammt, warum errötete er auf einmal?

„Eine Lady, sagt Ihr?" Der alte Mann senkte die Stimme und lehnte sich verschwörerisch vor. „Das Imperium soll verdammt sein." Er stupste Vaughn an. „Raus aus Eurem Stuhl, Junge."

Vaughn blickte zu Mrs. Darby, um ihre Zustimmung zu erfragen.

„Ich werde es erlauben", sagte Mrs. Darby. Sie hatte ein wissendes kleines Lächeln auf den Lippen, bevor sie sich dem Gast auf ihrer anderen Seite zuwandte, um ihn in ein Gespräch zu verwickeln.

Vaughn räumte hastig seinen Stuhl und wechselte den Platz mit dem älteren Gentleman. Als er sich setzte, warf er einen Blick zu Perdita. Sie hob eine Hand, um ihren Mund zu bedecken, zweifellos, um ein Lächeln zu verbergen. Sogar über die weite Entfernung des Esstisches hinweg konnte er das süße Funkeln in ihren Augen sehen, und es machte ihn... *trunken*. Er grinste und fühlte sich wie ein verdammter Narr, aber seltsamerweise machte es ihm nichts aus. Vaughn griff nach seinem Glas Wein und nahm einen Schluck. Perdita errötete, und er kicherte. Perfekt.

„Schön, eine junge Liebe zu sehen", kommentierte der ältere Mann. „Jeder scheint anzunehmen, dass man in meinem Alter vergisst, wie es ist, jung zu sein. Ihr solltet sie nie wieder gehen lassen, mein Junge." Der Ton des älteren Mannes wurde wehmütig, und er zupfte an seinem Halstuch.

„Oh, ich bin nicht verliebt. Ich kenne sie kaum."

„Papperlapapp. Liebe erfordert nicht, dass man alles über sein Gegenüber weiß. Manchmal ist Liebe ein Geheimnis. Besonders für Männer. Frauen werden immer ihre Geheimnisse haben, ein kleines Zwinkern in ihren Augen, ein verstecktes Lächeln, das dazu führt, dass wir uns fragen, woran sie gerade denken. Meine Arabella ist immer noch ein ziemliches Rätsel für mich und wir sind seit fünfzig Jahren verheiratet." Er nickte in Richtung einer älteren Frau, die dicht neben Perdita saß. Ihre Liebenswürdigkeit war mit der Zeit nicht verblasst und Vaughn konnte die Anziehungskraft immer noch erkennen.

Vaughn war versucht zu argumentieren, dass es nicht wirklich möglich war, jemanden zu lieben, den man nicht kannte, aber Mr. Darby stand mit einem Glas in der Hand auf und zog die Aufmerksamkeit aller auf sich.

„Danke, werte Gäste, dass Ihr mit meiner Familie Weihnachten feiert. Es ist so schön, an den Feiertagen Freunde im Haus zu haben. Es wärmt mir das Herz, mein Haus voller freundlicher Gesichter zu wissen." Auf seinen Dank folgte ein zustimmendes Gemurmel der Gäste. „Und heute Abend habe ich eine wunderbare Neuigkeit. Ich freue mich, Ihnen allen mitteilen zu können, dass meine Tochter Perdita und Lord Darlington sich verlobt haben. Ich möchte einen Toast aussprechen: *Auf Lord Darlington und meine Tochter Perdita.*"

Die Gäste stimmten in seinen Toast ein und tranken.

Perdita nippte an ihrem Wein, den Kopf gesenkt, aber mit geröteten Wangen. Vaughn war versucht, dasselbe zu tun. Alle an der langen Tafel starrten sie an, als sich die Nachricht verbreitete. Es war eine Sache, zu einer Party nach Darby House eingeladen zu werden, aber bekannt zu geben, dass Perdita für ihn bestimmt war, würde in den verschiedenen gesellschaftlichen Kreisen für Aufsehen sorgen. Das hatte er natürlich erwartet, sogar damit gerechnet, aber es vor seinen Augen in einem Raum voller Menschen geschehen zu sehen, war sowohl peinlich als auch faszinierend. Er war sich nicht sicher, was er tun sollte, also griff er auf sein übliches Verhalten zurück und schenkte den neugierigen Gesichtern, die sich ihm zuwandten, ein kühles Lächeln.

„Und schließlich, möchte ich alle daran erinnern", fuhr Darby fort und räusperte sich, „dass wir morgen Abend einen Ball veranstalten." Diese zweite Ankündigung tat ihr Übriges, um die Ladies abzulenken, die alle in helle Freude über den bevorstehenden Ball ausbrachen. Viele der anwesenden jungen Männer grinsten eifrig und das Abendessen begann.

Vaughn schenkte den Geschehnissen in seiner Umgebung in den nächsten zwei Stunden nur wenig Aufmerksamkeit. Sein Fokus lag auf Perdita. Er liebte es, sie zu beobachten. Es hatte etwas Bezauberndes, wie ihre Augen aufleuchteten, wenn sie sprach. Sie war ein lebhaftes Wesen, aber sie hatte nichts Falsches an sich, keine oberflächliche Fadheit, wie sie viel zu viele Ladies ihres Alters an den Tag legten. Sie war sowohl sie selbst als auch ehrlich. Ihre Worte waren immer gut gewählt und aufrichtig.

Ein Gentleman neben ihr brachte sie zum Lachen und Vaughn grinste, als er das Geräusch vernahm. Ein Anflug von Eifersucht folgte. *Er* wollte der Mann sein, der sie so zum Lachen brachte.

„Da ist jemand nicht glücklich darüber, dass Ihr die schöne Lady für Euch gewonnen habt", murmelte der ältere Mann zu seiner Linken. Seine Worte entzogen Perdita Vaughns Aufmerksamkeit.

„Wen meint Ihr?"

Der Mann nickte in Richtung eines entfernten Tisches. „Der Kerl da ganz hinten. Er sieht ziemlich mitgenommen aus. Habt Ihr ihm die Liebste gestohlen, frage ich mich?"

Natürlich war es Samuel Milburn, der ihn anglotzte, seine schwarzen Augen voller Wut, seine Lippen fest zusammengepresst. Vaughn war so sehr auf Perdita konzentriert gewesen, dass er den Grund vergessen hatte, warum er hier war, nämlich, um sie vor diesem Bastard zu schützen.

„Eigentlich habe ich sie ihm nicht gestohlen. Ich habe sie vor ihm gerettet", antwortete Vaughn wahrheitsgemäß.

„Habt Ihr das?" Der alte Mann gluckste, bevor er einen Löffel von seiner Suppe nahm.

„Das habe ich", bestätigte Vaughn, seinen Blick immer noch auf Milburn gerichtet. Er würde den Mann in den nächsten Tagen gut beobachten müssen. Er war die Art von Mann, der nach Rache sinnen würde, da seine Pläne vereitelt wurden, was bedeutete, dass seine angedrohte Erpressung vielleicht doch noch zum Tragen kommen würde. Vaughn hoffte nur, dass Mr. Craig an dieser Front Fortschritte machte.

Vaughn verbrachte den Rest des Abendmahls damit, seine Aufmerksamkeit zwischen seinen Tischnachbarn aufzuteilen. Der Mann zu seiner Linken, Mr. Chatwin, war derjenige, der gnädigerweise den Platz mit ihm getauscht hatte.

Nach dem Essen kehrten die Ladies in den Salon zurück, während die Herren sich für Portwein und Zigarren in den Billardraum begaben. Vaughn hatte weder Lust zu spielen noch wollte er rauchen und sich mit jemandem unterhalten. Er machte Anstalten, sich aus dem Raum zu schleichen, sobald die anderen ausreichend abgelenkt waren.

Eine kalte Stimme unterbrach seine Flucht in den angrenzenden Flur. „Ich weiß, was Ihr vorhabt." Vaughn erstarrte neben der Marmorbüste einer edlen Lady und drehte sich um, um zu sehen, wer ihn aufgehalten hatte. Sofort erkannte er Milburn, der die Tür des Billardzimmers hinter sich schloss.

Er zwang sich, sich zu entspannen, obwohl jeder Muskel in ihm gespannt und bereit war für einen Kampf. „Was bitteschön meint Ihr damit?"

„Ihr und diese kleine Närrin. Sie denkt, sie kann

mich austricksen, indem sie Euch hierherbringt. Aber ich bin kein Einfaltspinsel. Wir wissen beide, dass Ihr sie nicht wirklich heiraten wollt. Was gibt sie Euch also? Ihr Bett mit ihr zu teilen, würde nicht ausreichen. Es muss etwas anderes sein. Bezahlt sie Euch? Prostituiert sie sich für Eure Dienste? Ich weiß, dass Ihr verzweifelt genug seid, aber ich kann immer noch nicht glauben, dass Ihr so ein *erbärmlicher* Mensch seid." Milburn schnaubte abfällig. „Wie weit der Name Darlington doch gesunken ist."

Vaughns Hände ballten sich an seinen Seiten zu Fäusten, aber es hatte keinen Sinn, dem Mann den Kopf einzuschlagen, auch wenn es sich verdammt gut anfühlen würde. Er atmete langsam und beruhigend ein.

„Ihr irrt Euch. Ich werde sie heiraten und zwar nicht aus Verzweiflung. Es scheint mir, dass *Ihr* der Verzweifelte seid. Ihr seid wütend, dass sie Euch abgewiesen hat? Vielleicht hättet Ihr Eure letzte Geliebte nicht aus dem Fenster stoßen sollen. Oder vielleicht liegt es daran, dass Ihr versucht habt, sie zu erpressen. Das dämpft jede romantische Vorstellung, die eine Lady für einen Mann hegen könnte. Im Gegensatz zu Euch tue ich Frauen nicht weh."

„Oh, doch. Das tut Ihr", konterte Milburn, seine Stimme war leise, aber deutlich im Flur zu hören. „Wir wissen beide, was für ein Mann Ihr seid. Weiß sie, was Ihr braucht? Wie Ihr Euer Vergnügen findet? Jemand sollte das arme Mädchen warnen." Milburns Grinsen war so arrogant, dass Vaughn tatsächlich einen Schritt nach vorne machte, bereit, die Hand gegen ihn zu erheben.

Milburn öffnete die Tür zum Billardzimmer. Ein paar Köpfe drehten sich in ihre Richtung, um zu erfahren, wer gleich eintreten würde.

„Vorsichtig, Darlington. Ich möchte nicht, dass Ihr wegen einer Schlägerei aus dem Haus geworfen werdet. Dann wäre niemand mehr da, um Miss Darby zu trösten. Oh, Moment. *Ich* würde es tun. Kommt schon, schlagt zu.“

Mit einem leisen Knurren senkte Vaughn seine Faust und zwang sich zu einem Lächeln.

„Ihr habt eine solche Aufmerksamkeit kaum verdient. Wenn Ihr noch unauffälliger wärt, müsste ich den Boden meines Stiefelabsatzes absuchen, um Euch zu finden.“ Bevor er sich weiter von Milburn erzürnen lassen konnte, ging er nach oben in sein Gemach.

Mitternacht konnte nicht schnell genug kommen. Er würde sich von dem Gedanken ablenken müssen, Milburn zu Kleinholz zu verarbeiten und sich stattdessen ausmalen, wie er Zeit mit Perdita in der versteckten Nische der Bibliothek genießen würde.

❧ 8 ❧

Perdita wartete darauf, dass ihre Magd ihr Nachtgewand herauslegte.

„Beth, würde es dich stören, wenn ich dich nach Mitternacht rufe, damit du mir beim Entkleiden hilfst?"

Beth, ein süßes Mädchen mit rötlich-braunem Haar, blickte sie überrascht an.

„Miss?" Beth stellte nie direkte Fragen, aber Perdita wusste, dass dies die Art ihres Dienstmädchens war, sich zu erkundigen, was ihre Herrin meinte.

„Erinnerst du dich, was ich dir über Milburn erzählt habe?" Perdita hatte ihr ein paar Wochen zuvor ihre Befürchtungen gestanden.

„Das tue ich." Beth nahm eines von Perditas Kleidern und glättete die Falten, bevor sie es zu dem hohen Kleiderschrank trug.

„Nun, ich werde heute Abend ein geheimes Rendezvous mit Lord Darlington haben.“

„Miss...“ Beths Tonfall war vorwurfsvoll. Ihr Dienstmädchen konnte so viel mit einem Wort sagen.

„Ich weiß, dass du das nicht billigst, aber er ist die einzige Chance, die ich sehe, um Milburns Interesse zu entgehen. Wir werden es irgendwie arrangieren, dass er uns sieht. Ich hoffe, das wird ihn abschrecken.“

Beth stieß ein weiteres missbilligendes Geräusch aus.

Perdita stemmte die Hände in die Hüften. „Was ist los?“

„Miss, es gibt keinen Grund, warum ein Mann ein heimliches Rendezvous mit Euch erbitten sollte. Es sei denn, er hat ein bestimmtes Begehren im Sinn.“

„Beth, er *will* mich nicht... nicht auf diese Weise. Männer wie Darlington sind exzellent darin, die Rolle des Verführers zu spielen, aber das ist alles, was es ist. Schauspielerei. Ich habe meinen Teil der Abmachung eingehalten, indem ich ein Treffen mit Lord Lennox nach Neujahr arrangiert habe. Das ist alles, was Darlington wirklich will.“

Ihr Dienstmädchen gab einen weiteren missmutigen Laut von sich. „Ihr seid eine der süßesten und reizendsten Ladies, die ich kenne, Miss. Er wäre entweder blind oder ein Narr, Euch nicht zu wollen, und sein Augenlicht scheint in Ordnung zu sein. Ich bitte Euch nur darum, aufzupassen. Das ist alles.“

„Ich verspreche es.“ Perdita wusste, dass Vaughn ihre

Zeit in der Bibliothek und im Wald genossen hatte, aber sie kannte Männer wie ihn. Er konnte sich Ladies aussuchen, die wussten, wie man einem Mann gefiel, und sie konnte unmöglich interessant genug für ihn sein. Vaughn hatte keine Absichten mit ihr, nicht so, wie ihr Dienstmädchen befürchtete. Sie war Jungfrau, und er hatte bei ihrer ersten Begegnung unmissverständlich klargestellt, dass er keine *Unschuldige*, wie er sie nannte, verführte. Doch er hatte auch gesagt, dass er bei ihr vielleicht eine Ausnahme machen würde.

„Ich werde auf Euch warten", sagte Beth, offensichtlich nicht überzeugt.

„Geh schon ins Bett. Wenn ich dich brauche, werde ich kommen und dich wecken."

Ihr Dienstmädchen runzelte die Stirn. „Ihr solltet mich nicht im Dienstbotentrakt aussuchen müssen, Miss."

„Hör auf, dir Sorgen zu machen." Perdita schob sie zur Tür hinaus. „Geh nun zu Bett."

Als ihr Dienstmädchen weg war, wartete sie in ihrem Gemach und versuchte, sich die Zeit bis zur vereinbarten Stunde zu vertreiben. Sie versuchte, ein Buch zu lesen, aber sie konnte sich nicht konzentrieren. Schließlich ging sie zehn Minuten vor Mitternacht in die Bibliothek. Sie war nervös und aufgeregt, aber nur, weil sie sich auf ihr zweites Mitternachts-Rendezvous einließ, nicht, weil sie aufgeregt war, Vaughn wiederzusehen.

Als sie die Bibliothek erreichte, huschte sie hinein und begann auf und ab zu schreiten, wobei ihre Pantoffeln auf dem weichen Teppich neben dem Feuer Spuren hinterließen. Als das Geräusch der sich öffnenden Tür erklang, drehte sie sich um, ein eifriges Lächeln auf den Lippen, das jedoch schnell verblasste, als sie sah, wer es war.

„Endlich haben wir einen Moment für uns allein", sagte Samuel Milburn.

Perdita hatte Angst, sich zu bewegen. Angst, zu atmen. Alles, woran sie denken konnte, war, dass er einmal eine Frau aus dem Fenster geworfen hatte und dass sie das gleiche schreckliche Ende finden könnte.

Einen Moment lang starrten sie sich einfach an. Er war wie eine Katze, die eine vor Angst erstarrte Maus beobachtet. Dann kam er auf sie zu. Perdita war hin- und hergerissen zwischen dem Wunsch, wegzulaufen, und dem Wunsch, die Stellung zu halten. Dies war ihr Haus, bei Gott. Wer war er, dass er sie darin bedrohte? An dem dunklen Blick in seinen Augen erkannte sie, dass Weglaufen die Dinge nur noch schlimmer machen würde... und die Dinge waren in der Tat schon sehr schlimm.

Ihr Herz pochte in ihrer Brust, aber sie versuchte, äußerlich Ruhe auszustrahlen.

„Darlington wird in ein paar Minuten hier sein. Es wäre klug von Euch, zu gehen." Sie machte zwei langsame, vorsichtige Schritte, um einen hohen Sessel zwischen sich und Milburn zu platzieren. Das knisternde Feuer und das Ticken der alten Uhr über dem Marmorsims waren seltsam laut in der angespannten Stille des Raumes.

Milburn trug keinen Mantel und machte eine Darbietung daraus, die Ärmel seines Hemdes hochzukrempeln. Es wirkte einschüchternd, nicht dass Perdita sich erklären könnte, warum. Hätte Vaughn die gleiche Bewegung durchgeführt, wäre sie nicht ängstlich, sondern eher aufgeregt gewesen.

„Wenn ich mit Euch fertig bin, wird es ihn nicht mehr interessieren. Er wird Euch bestimmt nicht mehr wollen." Das war die einzige Warnung. Milburn stürzte sich auf sie und Perdita, zu verängstigt, um zu schreien, handelte einfach. Sie stieß den Stuhl nach vorn und hoffe, er würde Milburn aufhalten. Der Stuhl war nicht so schwer wie er aussah, kippte um, und traf Milburn in die Knie. Mit einem Schrei sackte er darauf zusammen.

Perdita hob ihre Röcke und rannte zur Tür. Aber etwas schnappte nach ihrem Knöchel und sie fiel nach vorn. Als sie versuchte, auf die Beine zu kommen, wurde sie zurück auf den Boden gedrückt. Schmerz schoss ihr rechtes Bein hinauf. Instinktiv schlug sie um sich, wieder und wieder.

„Hört auf damit, Ihr..." Ein heiserer Fluch verwandelte sich in ein schmerzhaftes Grunzen, als Perditas Fuß Milburns Gesicht traf.

Sie hatte nur ein paar kostbare Sekunden der Freiheit, aber ihre schweißnassen Handflächen fanden keinen Halt auf dem Holzboden.

Hilfe!", schrie sie, aber ein schweres Gewicht legte auf sie und presste sie auf den Boden. Die Luft strömte aus ihren Lungen, und eine Hand grub sich in ihr Haar, hob ihren Kopf an und stieß ihn dann hart auf den Boden. Ihre Stirn schlug auf das Holz auf. Dieser Aufprall machte sie benommen.

„Kleine Schlampe. Wie könnt Ihr es *wagen*", knurrte Milburn, als sein Körper ihren niederdrückte. Seine andere Hand glitt zu ihren Röcken und zerrte sie hoch.

Perditas Kopf pochte vor Schmerz, sie konnte nicht atmen und sich nicht bewegen.

Die Tür der Bibliothek war nur zehn Fuß entfernt, aber es hätten genauso gut zehn Meilen sein können. Ihre Augen quollen über vor Tränen, als das Grauen dessen, was geschah, in ihr Bewusstsein eindrang. Sie grub ihre Nägel in das Holz, das schabende Geräusch war ein Unterton von Milburns Knurren, als er ihre Röcke höher riss und keuchte.

Das Knarren der Bibliothekstür, die sich öffnete, hielt ihn nicht auf, falls er es überhaupt bemerkt hatte, aber Perdita hob bei dem Geräusch den Kopf und betete, dass jemand, *irgendjemand*, sie hier sehen würde.

„Hilfe..." Sie versuchte noch einmal zu schreien, aber sein Gewicht auf ihr schnitt ihr die Luft ab und ihr Sichtfeld verengte sich. Sie konnte nicht atmen.

Fernes Brüllen drang an ihre Ohren, als käme es aus einem tiefen Brunnen, als wäre sie unter Wasser. Der schreckliche Druck auf ihr verschwand, und ihre Ohren vernahmen raue, aufgebrachte Stimmen schreiender Männer und krachender Möbel.

Sie kroch auf ein Bücherregal zu und nutzte das Holz, um sich abzustützen, während sie mit geschlossenen Augen nach Atem rang. Als die Geräusche verstummten und sie die Augen öffnete, sah sie, dass Vaughn mit einer Hand Milburns Hemd festhielt und den rothaarigen Bastard schüttelte. Als er überzeugt war, dass der andere Mann bewusstlos war, ließ er ihn zu Boden fallen und drehte sich dann zu ihr um. Seine Augen waren hart wie Diamanten, geradezu stechend. Seine Knöchel waren blutverschmiert.

Perditas Lippen bebten und ein Schluchzen entkam ihr. Sein Blick wurde weicher, und er eilte zu ihr hinüber und hob sie in seine Arme.

„Mein Liebling, mein Liebling." Er vergrub sein Gesicht in ihrem Haar, während er sie aus der Bibliothek trug. Er lief eilig den Korridor hinunter und die Treppe wieder hinauf. „In welcher Richtung liegt dein Gemach?", fragte er.

„Der letzte Raum auf der linken Seite." Sie drückte ihr Gesicht in seine Halsbeuge und zitterte am ganzen Körper. Er trug sie in ihr Schlafgemach und setzte sie auf ihrem Bett ab, dann berührte er ihr Gesicht und hob es an, damit er ihre Augen sehen konnte. Die Wut war zurückgekehrt.

„Es gibt etwas, um das ich mich kümmern muss. Ich werde sofort dein Dienstmädchen holen."

„Nein!", sagte sie mit einem Keuchen. „Ich meine, bitte, weck sie nicht. Sie würde sich nur Sorgen machen und Fragen stellen, auf die ich nicht bereit bin zu antworten."

„Bist du dir sicher?" Vaughn zögerte an der Tür. „Wäre es in Ordnung, wenn ich dich ein paar Minuten alleinlasse?"

Sie nickte. Sie wollte nicht, dass Beth Zeuge ihrer Scham und Angst wurde. Sie wollte nur Vaughn. Bei ihm fühlte sie sich sicher.

„Gut. Ich werde bald zurückkehren." Er gab ihr einen Kuss auf die Stirn und ging.

Perdita saß auf der Bettkante und sah an sich herunter. Ihr fehlte ein Pantoffel, ihr Kleid war an mehreren Stellen zerrissen, und ihre Stirn pochte. Sie dehnte sich und wimmerte bei dem scharfen Schmerz, den sie verspürte. Eine Minute später öffnete sich die Tür und ihr Vater kam herein, Vaughn dicht auf den Fersen.

„Perdy?" Ihr Vater eilte an ihre Seite und nahm sie in den Arm. Nachdem er sich vergewissert hatte, dass sie nicht in unmittelbarer Gefahr war, nickte er Vaughn zu. „Kommt. Wir werden uns sofort darum kümmern."

Sie wusste nicht, wovon sie sprachen und war zu verzweifelt, um zu fragen.

Die beiden ließen sie erneut allein. Als sie zurückkamen, war ihre Mutter bei ihnen, und sowohl Vaughn als auch die Stiefel ihres Vaters waren mit frischem Schnee bedeckt.

„Papa...", flüsterte Perdita.

„Du bist in Sicherheit, Perdy", knurrte ihr Vater. Perdita atmete tief durch und Erleichterung durchströmte sie. Aber er vertrieb nicht ihre Demütigung oder den Schmerz, den sie empfand. Ihre Mutter kam zu ihr und umarmte sie heftig, mit einem Ausdruck von Wut und Angst in ihren Augen, der Perdita mit Schuldgefühlen erfüllte.

Aber dann erinnerte sie sich an Milburns Drohungen. Indem sie ihn aus dem Haus geworfen hatten, hatten Vaughn und ihr Vater Milburn den Vorwand geliefert, den er brauchte, um seine Drohungen wahrzumachen. Ihr Vater würde bald für ein Verbrechen entlarvt werden, von dem Perdita sicher war, dass er unschuldig war. Sie bedeckte ihren Bauch mit der Hand, während sie eine Welle der Übelkeit ertrug.

„Perdy, Liebes, geht es dir gut?", fragte ihre Mutter. Dann drehte sie sich zu Vaughn um. „Was ist mit ihr passiert? Was habt Ihr getan?"

„Mama, bitte!" Perdita keuchte. „Er hat mich vor Milburn gerettet."

„Was? Milburn? Aber das ist doch nicht möglich."

„Ich fürchte doch", sagte ihr Vater. „Darlington und ich haben den Bastard in den Schnee hinausgeworfen."

„Das ist alles?" Die Stimme ihrer Mutter erhob sich. „Reginald, du musst noch einmal hinausgehen, den Mann finden und ihn erschießen. Hast du mich verstanden?"

„So sehr ich deinen Rachedurst auch bewundere, meine Liebe, wir können einem Mann nicht einfach in den Rücken schießen. Nicht einmal der örtliche Magistrat würde das erlauben."

„Dann erschieß ihn von vorne! Der örtliche Magistrat sei verdammt!", knurrte ihre Mutter wie eine Wölfin, die ihre Jungen beschützte.

„Darby, sie braucht einen Arzt. Könnt Ihr einen Burschen ins Dorf schicken? Ich würde selbst gehen, aber ich werde Perdita hier nicht allein lassen." Vaughn näherte sich dem Bett und strich ihr vorsichtig über die Wange, versuchte, ihr ein beruhigendes Lächeln zu schenken, zögerte aber.

„Perdita..." Aus irgendeinem Grund brach seine Zärtlichkeit das letzte bisschen Kraft, das ihre Fassung noch aufrechterhalten hatte. Sie brach in Tränen aus, rutschte von ihrer Mutter weg und griff nach ihm. Er schlang seine Arme um ihren Körper, erst zaghaft, dann wurde sein Griff fester. Die Wärme seiner Brust und sein dunkler, männlicher Duft, gemischt mit einem Hauch von Winterkälte, der an seiner Kleidung haftete, beruhigten sie.

Perdita wusste, dass ihre Eltern zugegen waren, aber sie wollte sich ihnen nicht erklären. Noch nicht. „Vaughn, mach, dass sie ins Bett gehen, bitte. Ich will nicht, dass sie aufbleiben und sich Sorgen machen. Ich muss allein sein."

Er räusperte sich. „Ich verstehe, Liebling." Er ließ sie los und ging hinüber zu ihren besorgten Eltern. Perdita wandte sich ab und legte sich auf ihr Bett, das Gesicht in den Decken vergraben.

„Sie allein lassen? Mit Euch? Auf keinen Fall!" Perditas

Mutter zischte und kam zu ihr ans Bett herüber, sodass Perdita ihrem Blick nicht ausweichen konnte.

„Mutter, ich möchte in Ruhe gelassen werden. Aber ich würde mich sicherer fühlen, wenn Lord Darlington bei mir bliebe."

„Aber..." Ihre Mutter rang nach Worten. „Wir haben Gäste. Es ist nicht..."

Perdita setzte sich auf und ergriff die Hände ihrer Mutter. „Ein Skandal ist mir im Moment völlig egal. Er hat mich vor einem Mann gerettet, der viel Schlimmeres verdient hat. Sollen sie doch über Milburns Taten schwatzen, nicht aber über Vaughns."

Die Lippen ihrer Mutter zitterten und sie starrte Perdita einen langen Moment lang an, bevor sie nickte. „Nun gut. Ihr seid schließlich verlobt..." Dann wandte sie sich an Vaughn. „Falls Ihr meiner Tochter irgendetwas antut..." Wut blitzte in den Augen ihrer Mutter auf.

„Das werde ich nicht." Vaughns Tonfall war vollkommen ernst. Perdita legte sich wieder hin und schloss die Augen, wünschte sich, dass die Demütigung und der Schmerz dieses Moments ein Ende hätten.

Sie hörte, wie sich die Tür schloss. Die Kerzen neben dem Bett waren erloschen, bis auf eine, die in der Nähe des Bettes stand.

„Sie sind weg. Wenn du beschließt, dass du sie hier haben willst, werde ich sie sofort holen. Sie werden den Arzt herbringen, wenn er eintrifft, und er wird dich nach Verletzungen absuchen. Ich bestehe darauf." Vaughns

Stimme war nun fester. Die natürliche Dominanz in seinem Ton war ein Trost. Aber sie fürchtete sich vor seiner Zärtlichkeit, fürchtete, er würde sie ihr aus Mitleid und nicht aus Zuneigung schenken.

Die Tränen, die ihre Wangen bedeckten, trockneten und ließen ihre Haut kribbeln. Zuneigung? Sie wollte Vaughns Zuneigung? Seit wann war das ein Anliegen für sie?

„Perdita?" Sie zuckte zusammen, als er ihre Schulter berührte. Er entfernte seine Hand und sie vermisste ihn sofort.

Sie schniefte. „Vaughn, bitte zieh dich nicht zurück. Ich bin immer noch ziemlich nervös nach…" Sie konnte sich nicht vorstellen, wie schrecklich es war, was beinahe passiert wäre. Er stand neben ihrem Bett, seine Augen glühten und sein Haar umrahmte seinen finsteren Blick. Seine Hände waren immer noch blutverschmiert und sie stellte fest, dass seine Haut an ein paar Stellen aufgeplatzt war.

Perdita setzte sich auf und griff nach seinen Händen, bevor er sie wegziehen konnte. „Du bist verletzt."

„Es sind nur ein oder zwei Kratzer." Er zog seine Hände von ihren weg und ging zum Waschbecken hinüber, um seine Hände ins Wasser zu tauchen.

„Verdammt, ist das kalt", murmelte er und wischte sich die Hände an dem Tuch neben dem Waschbecken ab. Als er sich wieder zu ihr umdrehte, sorgte sein grimmiger

Gesichtsausdruck dafür, dass sich ihr Magen zusammenzog.

„Was heute Abend mit Milburn passiert ist...“ Er hielt inne, und sie wusste mit schrecklicher Gewissheit, was er sagen wollte. Also beschloss sie, ihm zuvorzukommen.

„Ich verstehe. Milburn kann jetzt unmöglich um meine Hand anhalten. Du hast mehr getan, als ich verlangt habe. Es steht dir frei, nach London zurückzukehren. Ich werde meinen Vater morgen die Auflösung der Verlobung bekanntgeben lassen.“

Er zog eine Braue in die Höhe. „Das ist nicht das, was ich sagen wollte.“ Er machte einen Schritt auf sie zu, dann hielt er inne, als würde er seine Nähe zu ihr überdenken.

„Wolltest du nicht?“ Wie ein naives Mädchen wagte sie es, zu hoffen. Die Abmachung war erfüllt, und er hatte keinen Grund zu bleiben, auch wenn sie es wollte.

„Ich wollte sagen, dass es nach allem, was passiert ist, wohl das Beste ist, wenn wir die Sache zu Ende bringen.“ Er blickte auf seine Stiefel hinunter, seine Stimme war seltsam ruhig. „Ich habe eine Sondergenehmigung mitgebracht.“

Sie war sich nicht sicher, was er meinte, und ihr Kopf schmerzte heftig. „Vaughn, bitte, erklär mir, was du meinst.“ Sie berührte ihre Stirn. Die Stelle, an der sie auf dem Boden aufgeschlagen war, war noch sehr empfindlich.

„Wir sollten heiraten. So bald wie möglich. Vielleicht am ersten Weihnachtstag? Dann hättest du morgen,

Heiligabend, Zeit, eine kleine Zeremonie in der örtlichen Kirche zu planen."

Perdita war sprachlos. Heiraten? War es ihm ernst? Sie hatte sich gerade erst eingestanden, dass sie ihn mochte.

„Ich weiß, es kommt plötzlich und unerwartet, aber ich glaube, es ist eine gute Lösung. Milburn wird nicht aufhören, bis du als eine Ehefrau angemessen geschützt bist. Nur dann wirst du sicher sein. Ich fürchte allerdings, dass es ihn nicht davon abhalten wird, deinem Vater mit seinen angeblichen Beweisen zu schaden, aber wir werden den Skandal gemeinsam überstehen. Skandale sind mir nicht fremd." Da war sie, ihre Sicherheit, der einzige Grund, eine überstürzte Heirat vorzuschlagen. Nicht aus Liebe, sondern aus dem einfachen Wunsch heraus, sie zu beschützen.

Für manche Ladies wäre dieser ritterliche Akt Grund genug, um *Ja* zu sagen, aber nicht für sie. Wann immer sie über eine Heirat nachgedacht hatte, war es immer mit dem einen Gedanken im Kopf gewesen, aus Liebe zu heiraten. Eine große, alles verzehrende, leidenschaftliche Liebe, deren Flammen sogar die Sterne herausfordern würden.

„Soll ich deinen Eltern sagen, dass du einverstanden bist?", fragte er.

Die unbehagliche Stille im Raum wuchs an, bis sie das Gefühl hatte, nicht mehr atmen zu können.

„Nein."

Er starrte sie an, sein Blick unergründlich, bevor er zu lachen begann.

„Du findest es amüsant, dass ich dich zurückgewiesen habe?" Sie schniefte und Tränen brannten in ihren Augen. Sie wollte nicht weinen... *nicht vor ihm.*

„Ich denke, das ist es, ja. Ich nehme an, es liegt daran, dass ich fälschlicherweise glaubte, dass du eine gewisse Neigung für mich hegst. Aber anscheinend lag ich damit falsch?"

„Ich..." Sie sorgte sich um ihn, aber das war nicht der Grund, warum sie ihn abgewiesen hatte. Es lag daran, dass er sich nicht um sie sorgte, nicht so, wie sie es wollte. Ihr Zögern erhellte seine Augen mit einem sanften Feuer, das sie sprachlos machte.

„Du sorgst dich also doch. Wie wunderlich. Was, bitte schön, hält dich dann zurück?" Er ließ sich neben ihr auf das Bett sinken. Er sah so einladend aus, so charmant in diesem Moment, mit zerzaustem Haar und ohne seinen Mantel. Sie wünschte sich nichts sehnlicher, als auf seinen Schoß zu krabbeln, sein Gesicht mit Küssen zu bedecken und die Welt außerhalb dieses Raumes einfach zu vergessen. Aber das konnte sie nicht.

„Perdita, wir können ehrlich zueinander sein, nicht wahr?", fragte er, umfasste sanft ihr Kinn und drehte ihr Gesicht zu seinem. Eine Träne lief ihr über die Wange. Er fing sie mit seinem Finger auf, so wie man einen Tautropfen von einem Blumenblatt auffängt.

„Du... du liebst mich nicht. Und ich verstehe das. Dies

war ein Arrangement, um unser beider Probleme zu lösen. Aber du gehst zu weit. Ich könnte nie einen Mann heiraten, der mich nicht liebt. Wie verrückt. Ich verdiene eine große Liebe. Ein jeder verdient das. Selbst du verdienst das. Wir können nicht heiraten, nur um mir Schutz vor Milburn zu sichern. Das ist nicht Grund genug."

Vaughn strich mit der Daumenkuppe über ihre Wange, seine Augen waren so schwarz wie dunkle Saphire.

„Ich weiß nicht, ob ich zur Liebe fähig bin, aber du bedeutest mir mehr als jede andere Frau. Und das ist keine müßige Prahlerei. Wenn ich mit dir zusammen bin, erscheinen die Dinge schärfer, klarer." Er schien mit seinen Worten zu ringen. „Es war, als befände ich mich in einem lustlosen, verschwommenen Traum. Als ich dich in London zum ersten Mal geküsst habe, bin ich aufgewacht, alles war auf einmal klar wie eine Glocke, die in meinen Ohren klingelt. Alles scheint realer, wahrer zu sein, wenn ich mit dir zusammen bin." Er schloss die Augen und schüttelte den Kopf. Dann beugte er sich vor, drückte seine Stirn an ihre und hielt ihr Gesicht in seinen Händen.

„Ich weiß nicht, *wie* man liebt, wenn ich ehrlich bin. Aber ich will nicht damit aufhören. Für dich war es immer nur eine Scharade, aber für mich war es das nie. Ich habe mir *immer* gewünscht, dich zu heiraten."

Sie starrte ihn an, entzog ihm ihr Gesicht, aber nur, um seinen Ausdruck deutlicher zu sehen. „Was?"

„Ja. An dem Abend, als du in mein Stadthaus kamst, habe ich beschlossen, dass ich dich heiraten möchte."

„Aber..." Wie konnte er damals diesen Entschluss gefasst haben? Es schien ihr nicht möglich.

„Nutze diese Chance mit mir", forderte Vaughn. „Sag, dass du mich heiraten willst. Wir brauchen nur den Vikar in der Kirche und ein Kleid für dich. Ich habe sogar meine Hochzeitskleider schon hier. Sie sind leider etwas alt, da ich mir keine neue Ausstattung leisten kann." Seine Wangen röteten sich ob seines Geständnisses.

Perditas Herz raste wie wild. Konnte sie es tun? Ihn auf gut Glück heiraten, im Glauben, dass er sie eines Tages lieben könnte?

„Beantworte mir eine Frage."

„Stell mir deine Frage." Er fuhr fort, ihre Wange zu streicheln, die Geste so zärtlich und beruhigend. Wie unerwartet von dem sonst so kalten Wüstling, für den sie ihn gehalten hatte. Vielleicht konnte er sie eines Tages wirklich lieben. Es ließ sie glauben, dass alles möglich war.

Perdita beobachtete ihn aufmerksam. „*Warum* interessierst du dich für mich? Was unterscheidet mich von jeder anderen jungen Erbin, die du heiraten könntest, um deine Schulden zu begleichen?"

Vaughn wich nicht zurück, aber er antwortete auch nicht sofort. Sie suchte in seinen Augen nach einer Andeutung von Täuschung, sah aber nur ein Aufflackern von Hoffnung.

„Ich hatte schon viele Gelegenheiten, andere zu heiraten. Selbst ein Ruf wie der Meine schreckt die entschlossensten Mütter mit heiratsfähigen Töchtern oder diejenigen, die eine Verbindung mit einem Titel suchen, nicht ab. Als ich dein Angebot annahm, unsere falsche Verlobung vorzugaukeln, ging es jedoch nie um dein Vermögen. Wenn du dich erinnerst, waren meine Bedingungen, Lennox vorgestellt zu werden, um mein eigenes Vermögen zu machen."

Perdita nickte. Sie konnte die Wahrheit seiner Worte nicht ignorieren.

„Das hätte mir schon gereicht. Aber ich war von dir fasziniert, seit ich dich bei der Gartenparty im September kennengelernt habe. Du hattest diese Cleverness an dir, und als ich erfuhr, dass du Artikel über Astronomie schreibst, nun ja..."

„Du weißt davon?" Ihr Herz schlug ihr bis zum Hals.

„Natürlich, weiß ich davon. Die Handschrift auf dem Entwurf, den du mir gezeigt hast, ist sehr weiblich, aber ich vermutete, dass du das abändern wirst, wenn du das Gefühl hast, dass es reif für die Publikation ist. Ich bewundere, dass du schreibst, dass du denkst, dass du dich der Rolle widersetzt, die die Gesellschaft dir zugedacht hat. Hast du eine Ahnung, wie erfrischend das bei einer Frau ist? Das schätze ich sehr an dir."

„Würdest du verlangen, dass ich damit aufhöre, wenn wir heiraten?", fragte sie leise, Hoffnung und Angst kämpften gleichermaßen in ihr.

„Aufhören? Um Himmels willen, nein. Ich würde es ermutigen. Ich habe nie ein normales Leben gewollt, geschweige denn eine normale Ehefrau. Ich will eine

Frau, die keinen Ärger scheut, die sich über Konventionen hinwegsetzt, die es liebt, wenn ich ihr sage, dass sie sich in unserem Bett wohlfühlen soll und die mir dahingehend vertraut, dass ich ihr etwas über Leidenschaft beibringe. Du warst immer die Richtige für mich, Perdita. Verstehst du denn nicht? Ich könnte keine andere heiraten als *dich*."

Dann lächelte er, dieses jungenhafte Lächeln, das sie im Wald gesehen hatte. Dieses Lächeln, bei dem sich ihre Brust zusammenzog und ihr schwindelig wurde.

„Versprichst du, dass unsere Ehe eine sein wird, die uns Freiheiten bietet? Ich kann nicht zustimmen, in einem goldenen Käfig gefangen zu sein."

„Das könnte ich auch nicht. Wenn ich mir einer Sache sicher bin, dann dass es aufregend wäre, dich zu heiraten." Er ließ seinen Blick auf ihre Lippen sinken, immer noch lächelnd. „Was denkst du?", fragte er. „Gibst du diesem Schurken eine Chance? Ich schwöre, ich werde ein hervorragender Ehemann sein, sobald ich mich gebessert habe, und ich begrüße diese Herausforderung sehr."

Perdita schniefte und lächelte schüchtern. „Es mag Wahnsinn sein, aber vielleicht sollte ich sie ausnahmsweise annehmen. Ich akzeptiere." Sie beugte sich im selben Moment vor wie er, und sie küssten sich. Es war ein sanfter Kuss, der langsam und heiß brannte, trotz der zarten Berührung ihrer Lippen und der zaghaften Erkundungen ihrer Hände.

Als sie sich schließlich trennten, berührte Vaughn mit

seinen langen, eleganten Fingern vorsichtig ihre Stirn und zog die Augenbrauen zusammen.

„Ich wollte diesen Mann umbringen für das, was er dir angetan hat. Ich wollte ihm den Hals umdrehen. Ich hatte solche Angst...“

„Das hatte ich auch, aber als ich dich zur Tür hereinkommen sah, wusste ich, dass du mich retten würdest.“ Sie kroch auf seinen Schoß, und er schlang seine Arme um sie und hielt sie fest.

„Ich möchte nie, dass du das Gefühl hast, dass du gerettet werden musst. Aber ich gelobe, dich zu beschützen und immer für dich da zu sein, mein Liebling.“ Sein sanft gesprochenes Versprechen ließ ihr Herz wild flattern. Dass der Teufel von London solche Worte aussprach, musste ein Zauber sein, der aus der Magie der Liebe heraus geboren wurde, auf die sie stets gehofft hatte... eines Tages.

In diesem Moment klopfte der Arzt an die Tür. Vaughn setzte sie zögernd zurück aufs Bett. Sie spürte sein Zögern, sie gehen zu lassen und es wurde ihr ganz warm ums Herz.

„Herein“, rief sie.

Dr. Williams war ein Mann mittleren Alters mit einer schwarzen Tasche. Sein Mantel war mit Schnee bestäubt. Perditas Eltern standen hinter ihm, beide sahen besorgt aus.

„Könnten die Herrschaften bitte draußen warten?“, fragte der Arzt. „Ihr auch, junger Mann.“

Vaughn stand nicht auf, bis Perdita ihm zustimmend zunickte. Er gesellte sich zu ihren Eltern nach draußen, und der Arzt stellte seine Tasche auf dem Tisch neben dem Bett ab.

„So. Sehen wir uns zuerst einmal Eure Stirn an, Miss Darby.“

❦ 9 ❦

Vaughn schritt auf den Perserteppichen, die den Boden des Flurs bedeckten, auf und ab und war sich kaum bewusst, dass Perditas Eltern jeden seiner Schritte beobachteten. Zu beiden Seiten von ihm schienen Bilder von glücklichen Verliebten ihn mit ihrer Unschuld zu verhöhnen.

Mr. Darby fixierte ihn mit einem furchteinflößenden Blick. „Darlington, ich spüre, dass hinter den Ereignissen des heutigen Abends mehr steckt, als dass Milburn sich plötzlich an meine Tochter heranmacht. Ich glaube, Ihr wisst, was los ist, und Ihr solltet es mir besser alsbald sagen."

Vaughn atmete tief durch. Er hielt an. Gleich hinter Perditas Eltern konnte Vaughn schwere Vorhänge sehen, die über die Fenster gezogen waren, um die Kälte abzuhalten. Er starrte sie einen Moment lang an und sammelte sich, bevor er schließlich sprach.

„Wie viel wisst Ihr über Samuel Milburn?"

„Oh, nicht viel", antwortete Perditas Mutter und zog die Brauen zusammen. „Er ist gut situiert, und die Londoner Gesellschaft scheint ihn zu mögen. Die Gesellschaftsblätter beschreiben ihn als großzügigen und geeigneten Junggesellen. Ich hatte keinen Grund zu vermuten, dass er..." Sie fuhr nicht fort, aber ihre Augen schwammen vor Tränen.

„Ich gebe zu, ich habe nicht viel nachgefragt", sagte Perditas Vater. „Ich dachte, wenn Perdita mir sagt, dass sie an ihm interessiert ist, dann würde ich anfangen, Fragen zu stellen." Darby wurde plötzlich blass. „Sie erwähnte... Oh, Gott, sie sagte etwas darüber, dass er eine grausame Ader hat, aber ich habe nicht zugehört."

Vaughn verschränkte die Arme vor der Brust. „Dann will ich Euch sagen, was für ein Mann er ist. Milburn ist ein Rohling und ein Feigling. Er hat eine seiner Geliebten getötet, obwohl niemand beweisen kann, dass es kein Unfall war. Aber er hat damit in den Spielhöllen geprahlt. Er mag es, Ladies zu verletzen, ihnen seinen Willen aufzuzwingen, sie auf eine Art zu brechen, über die ich nicht sprechen will. Das ist es, was er heute Abend mit Eurer Tochter machen wollte. Und er hat versucht, Eure Tochter in die Ehe zu zwingen, indem er Euch bedrohte."

„Mich?" Mr. Darby sah aus, als könnte jeden Moment ein Attentäter auftauchen.

„Er behauptet, Dokumente zu haben, die beweisen, dass Ihr in den Schmuggel von Waren ins Land verwickelt seid und er hat gedroht, diese Beweise dem örtlichen Magistrat vorzulegen."

Mrs. Darby bedeckte ihren Mund und wurde blass. Perditas Vater legte ihr einen Arm um die Schultern.

„Atme, Minerva. Einfach atmen." Er tätschelte ihre Schulter und hielt sie fest, während er Vaughns Blick begegnete. „Das ist völliger Blödsinn. Ich war noch nie in so etwas verwickelt..." Darby rang nach Worten.

Vaughn nickte. „Ich glaube Euch. Wir glauben, dass er mit Euren Investitionspartnern zusammenarbeitet und dafür sorgt, dass Ihr die Schuld für deren illegale Handlungen auf Euch nehmen müsst. Perdita fürchtete Milburn und seine Beweise so sehr, dass sie zu mir in mein Haus nach London kam und mich anflehte, eine falsche Verlobung mit ihr einzugehen. Wie Ihr vielleicht wisst, habe ich in gewissen Kreisen einen eher skrupellosen Ruf. Sie hoffte, dass eine Verlobung mit mir Milburn abschrecken würde. Leider hat unsere Scharade den Bastard nur so wütend gemacht, dass er sie angriff. In seinem verdrehten Verstand gehörte sie bereits ihm."

Weder Mr. noch Mrs. Darby sprachen für einige Sekunden auch nur ein Wort.

„Aber... wollt Ihr damit sagen, dass Ihr sie *nicht* heiraten werdet?", fragte Mrs. Darby schließlich.

„Weit gefehlt. Zwischen uns ist echte Zuneigung entstanden und Eure Tochter hat zugestimmt, die Hochzeit ohne falsche Vorwände durchzuführen. Milburn wird es nicht wagen, ihr nachzustellen, wenn ich da bin, um sie zu beschützen.“

„Warum will er ihr wehtun? Ich verstehe es immer noch nicht“, keuchte Mrs. Darby. „Warum hat er nicht einfach meinen Mann direkt erpresst? Wir haben doch genug Geld. Er hätte verlangen können, dass wir ihn auszahlen. Warum ist er hinter unserer Tochter her?“

„In der Tat, warum? Deshalb glaube ich, dass die Beweise falsch sind. Ihr würdet doch keinen Mann auszahlen, der eine solche Lüge verbreitet.“

Mr. Darby nickte. „Ich würde ihm für so etwas nicht mal einen halben Penny geben.“

„Aber wie sollte Eure Tochter wissen, ob eine solch skandalöse Anschuldigung wahr ist, oder nicht? Und was, wenn Ihr es leugnet und sie Zweifel hätte? Diese Angst ist es, die Milburn ausnutzt. Manchmal kann der Gedanke an eine Missetat mehr Macht haben als der Beweis.“

Darby tauschte einen wissenden Blick mit Vaughn, bevor er fortfuhr.

„Aber es geht noch weiter. Kennt Ihr die Sorte Mann, die ein temperamentvolles Pferd kauft, weil es ihm Spaß macht, das Tier zu brechen? Er hat Freude daran, seinen Geist zu brechen und es zu ruinieren, bis es nur noch ein hirnloses, verängstigtes Stück Pferdefleisch ist.“

Mrs. Darby nickte. Jeder kannte diese Art von Mann, einen Mann, der einen hilflosen Welpen treten oder eine

Frau ohrfeigen würde, weil sie ihn nur ansah. Grausamkeit war der Schutzschild vieler Feiglinge.

„Ist er so ein Mann?", fragte sie Vaughn. „Er hat den Geist und das Feuer meiner Tochter gesehen, und er wollte sie brechen?"

Vaughn seufzte und nickte. „Wenn wir Perdita vor ihm retten wollen, dann brauchen wir uns nur um Milburns angebliche Beweise zu sorgen. Selbst wenn sie frei erfunden sind, könnte er die Absicht haben, Eurem guten Namen zu schaden."

Darby ballte die Hände zu Fäusten. „Damit werden wir schon fertig. Ich bin nicht so dumm wie meine Partner glauben mögen."

„Und Ihr, Lord Darlington?", fragte Mrs. Darby. „Seid Ihr die Sorte Mann, die einer Frau wie meiner Tochter wehtut?"

„Eher würde ich mein eigenes Leben geben. Perditas Feuer und Geist ziehen mich an. Ich fühle mich lebendig, wie ich mich seit Jahren nicht mehr gefühlt habe. Es wäre mir eine Ehre, eine solche Frau zur Frau zu nehmen. Deshalb habe ich ihr einen Heiratsantrag gemacht. Und deshalb hat sie angenommen. Wir wollen am ersten Weihnachtstag heiraten. Ich hoffte, dass Ihr uns helfen könntet, die Zeremonie zu arrangieren." Seine Nerven flatterten, während er darauf wartete, wie Perditas Eltern auf seine Bekanntgabe reagieren würden.

Mrs. Darby stotterte. „Aber... das ist doch bereits übermorgen."

„In der Tat, aber ich sehe keinen Grund zur Verzögerung. Eile ist geboten.“

Mr. und Mrs. Darby sahen sich an.

„Ihr habt uns doch keinen... *Grund* zur Eile gegeben?“, fragte Darby.

Vaughn schüttelte den Kopf. „Meine Bedenken beziehen sich nur auf Milburn. Wir sind in unseren Leidenschaften noch nicht so weit fortgeschritten, dass es Grund zur Sorge gibt.“ Er gab dies unverblümt zu und lächelte ein wenig. „Es scheint, dass sie den Gentleman in mir hervorlockt.“

„Gut. Sonst hätte ich Euch vielleicht auch hinaus in den Schnee geworfen“, erwiderte Perditas Vater.

Die Tür zum Schlafgemach öffnete sich. Der Arzt kam heraus und schloss seine Tasche. Die silbernen Verschlüsse rasteten ein und er stellte sich ihnen gegenüber, sein Gesicht von Sorge gezeichnet.

„Wie geht es ihr, Henry?“, fragte Mr. Darby.

„Sie ist etwas aufgewühlt. Ihre Kopfschmerzen sind ziemlich stark. Ich habe ihr ein Schlafmittel gegeben und ihr den Knöchel verbunden, damit sie nicht wieder umknicken kann. Sie will nicht allein schlafen und ist immer noch unruhig. Man sagte mir, sie sei angegriffen worden?“

„Ja“, bestätigte Darby. „Der Gentleman, der sich dieser Tat schuldig gemacht hat, wurde bereits aus dem Haus geworfen.“

„Gut. Sie hat nicht gesagt, ob…" Der Doktor errötete. „Nun, wie weit der Angriff ging."

Vaughn verstand, was er nicht gesagt hatte. „Ich habe ihn aufgehalten, bevor er ihr auf diese Weise schaden konnte."

Die Schultern des Arztes sackten vor Erleichterung herab. „Gut. Ihr seid Lord Darlington, nehme ich an?" Vaughn nickte. „Sie wünscht, Euch zu sehen. Ich habe sie gefragt, ob ich ihr Dienstmädchen schicken soll, aber sie hat abgelehnt. Sie will nur Lord Darlington."

„Ich danke Euch." Vaughn ging an ihm vorbei, um Perditas Schlafgemach zu betreten, doch an der Tür hielt er inne und starrte ihren Vater an.

„Ich werde die Nacht über bei ihr bleiben. Bei meiner Ehre, meine Absichten sind rein."

Darby starrte ihn an und nickte. „Nun gut." Er hielt dem Arzt die Hand hin. „Ich zeige Euch Euer Zimmer, es sei denn, Ihr möchtet nach Hause fahren."

„Ich danke Euch. Ich denke, ich werde die Nacht hier verbringen." Der Arzt folgte Perditas Vater den Flur hinunter. Nur Perditas Mutter verweilte an Ort und Stelle.

„Sagt mir, dass Ihr sie lieben werdet", sagte sie eindringlich. „Nachdem ich gehört habe, was aus meiner Tochter hätte werden können, muss ich es aus Eurem Munde hören."

„Ich war noch nie verliebt, Madam", erwiderte Vaughn feierlich. „Aber wenn es jemals eine Frau gab, die meines

Herzens würdig war, dann ist sie es. Obwohl ich bezweifle, dass ich ihrer würdig bin."

Einen Moment lang sah er Perdita deutlich in den Gesichtszügen ihrer Mutter. Hatte er sie wirklich einmal für eine dumme Frau gehalten? Nun sah er sie so, wie ihre Tochter und ihr Mann es taten. Eine fürsorgliche Mutter, eine liebende Ehefrau, eine Frau, die das Beste für ihr Kind wollte.

„Das ist nicht gerade die Antwort, die ich zu hören wünschte."

„Ich weiß", erwiderte er mit einem sanften Lächeln. „Aber Ihr verdient die Wahrheit."

„Glaubt Ihr wirklich, dass ich Euch zu meiner Tochter gehen und die Nacht mit ihr verbringen lasse, nachdem Ihr zugegeben habt, dass Ihr sie nicht liebt?", fragte sie forsch.

Vaughn hielt mit der Hand auf der Türklinke inne. „Ich gebe zu, dass ich keine Liebe fühle. Das heißt aber nicht, dass ich nichts fühle. Ich habe sie gern, so sehr, dass ich mich zu ihrem Schutz verpflichten würde, selbst wenn ihr Herz einem anderen gehörte. Sie ist verängstigt und schämt sich für das, was ihr passiert ist. Perdita hat Angst, dass Milburn sie holen kommt. Ich habe bereits Frauen in ihrem Zustand gesehen. Sie zuckt bei jedem Geräusch zusammen. Selbst wenn Ihr bei ihr bleiben und die Tür abschließen würdet, würde sie sich nicht wirklich sicher fühlen. Ich hingegen werde die ganze Nacht mit einer auf die Tür gerichteten Pistole auf einem Stuhl sitzen, wenn es sein muss."

Mrs. Darby musterte ihn eingehend, aber schließlich gab sie nach. „Nun gut. Aber wenn Ihr ihr wehtut..."

„Ja, ich weiß. Euer Mann hat mehr als einmal erwähnt, dass ich dort begraben werde, wo mich niemand finden wird." Vaughn schenkte ihr ein schiefes Lächeln, bevor er ins Zimmer schlüpfte und die Tür hinter sich schloss.

Er wünschte, er hätte sagen können, dass er Perdita liebte, aber er wusste immer noch nicht, wie es war, verliebt zu sein. Er hatte seinen Bruder Edward geliebt. Die Liebe zu einem Bruder war eine heftige Liebe, eine Liebe, die raue Kanten und eine Art Zähigkeit an sich hatte. Die Liebe zu einer Frau war... nun, sie musste anders sein. Er spürte diese Wahrheit in seinen Knochen. Es war keine Lust, und es war keine Freundschaft. Was war es also dann?

Ich will sie lieben. Ich will so sehr, was Gareth und Ambrose mit ihren Ehefrauen gefunden haben.

Aber die Wahrheit war, dass er Angst hatte, sein Herz könnte durch sein Leben so verhärtet sein, dass es nie weich genug werden könnte, um sich für eine andere Seele zu öffnen.

Er betrachtete ihr Gemach, bevor er sich ihr zuwandte. Er war viel zu sehr auf sie konzentriert gewesen, um vorher irgendetwas zu bemerken.

Ein Teleskop stand in der Nähe einer Reihe von Fenstertüren, die auf einen Balkon führten. Seine kleine

Geheimwissenschaftlerin und ihre Werkzeuge. Ein halbes Dutzend Kissen lagen auf dem Bett oder einigen Sesseln verstreut, und als er eines genauer betrachtete, bemerkte er, dass die Stickerei vertraute Formen zeigte. Sternbilder. Die Sticharbeit war keineswegs makellos, und er vermutete, dass sie ihre Zeit lieber mit dem Verfassen von Aufsätzen verbrachte als mit Nadel und Faden zu üben. Anstelle eines zierlichen Sekretärs hatte sie einen großen Schreibtisch, der mit Tabellen und Schriften bedeckt war.

Perdita lag auf dem Bett, die Augen halb geöffnet, glasig von dem Schlaftrunk, den der Arzt ihr gegeben hatte. Der Bettvorhang aus weichem, rosafarbenem Seidenbrokat mit Blattmustern um sie herum ließ sie wie eine Prinzessin aussehen, die im Halbschlaf in ihrem Bett lag.

„Vaughn, du bleibst doch, nicht wahr? Ich habe sogar vor den Schatten Angst."

Er trat zum Bett hinüber und strich ihr das Haar aus dem Gesicht. „Ich werde bleiben. Wir sollten dich umziehen. Kannst du dich aufsetzen?"

Sie hatte Mühe, sich aufzusetzen und er kniete sich vor ihr hin und zog ihr den verbliebenen Pantoffel aus. Dann ließ er seine Hände unter ihre Röcke gleiten und zog ihr die Strümpfe aus. Sie legte ihre Hände auf seine Schultern, um das Gleichgewicht zu halten, als sie stand. Er streichelte sanft ihre Beine, dann ließ er sie sich mit dem Gesicht zum Bettpfosten drehen. Sie tat dies, ohne zu fragen, während er die Knöpfe am Rücken ihres

Kleides öffnete. Und dann fiel es zu Boden. Sie zerrte ihre Unterröcke herunter und enthüllte ihre perfekten Hüften und einen runden Hintern.

„Fast fertig", versprach er und beäugte ihr Mieder. Vaughn achtete darauf, es sanft aufzuschnüren. Dann fiel auch dieses zu Boden. Sie stieg daraus heraus und trug nur noch das lose Hemd, das ihr bis zu den Knien reichte. Vaughn zog die Bettdecke zurück und drängte sie, unter die Decke zu kriechen. Sie seufzte und legte ihren Kopf auf ihre Kissen, ihr Haar lag wie ein Fächer in losen Strähnen darüber. Er zupfte eine Nadel nach der anderen aus ihrem Haar und massierte dann sanft ihre Kopfhaut, um sicherzugehen, dass sich keine Nadel mehr in ihrem Haar befand.

Perdita seufzte. „Für den Teufel von London hast du dich als ziemlicher Engel entpuppt."

„Denkst du?", fragte er. *Der Teufel von London*. Dieser Spitzname hatte ihn immer amüsiert. Angesichts seiner Wahl des Bettspiels und seines Rufs an den Spieltischen hatte die Gesellschaft ihm den Spitznamen verliehen.

„Ja." Sie griff hinter sich, um seinen Arm zu erfassen und zog ihn ins Bett. „Leg dich zu mir."

Es war ein Befehl. Ihr Blick traf den seinen, und obwohl ihr Blick weich und ein wenig distanziert war, sah er das Glitzern der Entschlossenheit darin und wusste, dass sie ihren Willen durchsetzen würde.

Er hatte nicht vor, sie zu ignorieren. Vaughn zog seine Stiefel aus und schlüpfte hinter ihr ins Bett. Er schlang einen Arm um ihre Taille und drückte sie an sich.

„Mache ich dir keine Angst? Du solltest vor allen Männern Angst haben, nachdem was passiert ist." Er war sich nicht sicher, warum er es fragte, obwohl er wusste, dass die Antwort niederschmetternd sein könnte.

Sie war ruhig und atmete gleichmäßig. Sie hatte keine Angst vor ihm. „Nicht alle Männer sind gleich. Und nicht alle Männer haben mich gerettet. Milburn ist ein Monster. Du...? Du bist mein Ritter auf einem weißen Ross."

„Ich bin kein Ritter, so sehr ich mir auch wünsche, einer zu sein. Ich fürchte, meine Rüstung ist eher angeschlagen als glänzend."

Perdita strich ihm mit zarten Fingerspitzen über die Wange und ihr Blick war ernst. „Ein Ritter in glänzender Rüstung ist ein Mann, dessen Metall nie in der Schlacht geprüft wurde. Und du hast mehr als einmal bewiesen, wie stark dein Mut ist."

Bei ihren Worten krampfte sich sein Herz zusammen. Ihr entging sein Wortspiel mit Metall und Mut nicht. Woher wusste sie nur, was sie sagen musste, damit er sich nackt fühlte, ohne Angst zu haben? Vaughn schloss die Augen und seufzte, bevor er weitersprach. „Was kann ich tun? Sag es mir, und ich werde es für dich tun."

„Bist du dir sicher? Vielleicht gefällt dir nicht, worum ich dich bitte."

Vaughn erwartete einen Racheschwur gegen Milburn, den er gerne erfüllen würde.

„Alles."

„Dann möchte ich *dich* kennenlernen."

Das überraschte Vaughn und er war nicht sicher, ob er darauf vorbereitet war. „Mich kennenlernen?"

„Wenn wir heiraten wollen, möchte ich alles über dich wissen. Ich möchte den Mann kennen, nicht nur sein Alter Ego, mit dem er Frauen umwirbt." Sie drehte sich in seinen Armen und er konnte ihr Gesicht sehen, das vom Wintermondlicht akzentuiert wurde.

Sein Herz pochte. Würde sie einen solchen Mann überhaupt *mögen*? Einen, der ein einfacher Mensch für sie war und nicht die Dinge tat und sagte, von denen er wusste, dass sie sie hören wollte? „Was willst du über mich wissen?"

„Erzähl mir etwas Wunderbares. Etwas, an das du dich klammerst, wenn die Schatten dich zu ertränken drohen." Sie legte eine Hand an seinen starken Kiefer und ihre Finger erkundeten seine Haut. Ihre Berührung brannte auf eine wunderbare Weise, die sein Herz schneller schlagen ließ.

„Etwas Wunderbares..." Er würde *ebendiesen Moment* nennen, aber sie war auf der Suche nach seiner Vergangenheit. Etwas, das ihr den wahren Vaughn offenbarte. Er schluckte heftig, denn er wusste, welche Erinnerung er mit ihr teilen würde.

„Ich hatte einen Bruder, Edward, der fünf Jahre älter war als ich."

„Ich wusste nicht, dass du einen Bruder hattest." Ihre

dunklen Augen schienen den Schein des Mondlichts vom Fenster zu reflektieren, wie ein mit Eis überzogenes Gewässer, und doch war ihr Blick nicht kalt. Es gab ihm ein warmes Gefühl, ihre Aufmerksamkeit so intensiv auf sich gerichtet zu spüren.

„Edward war... nun, perfekt. Und das meine ich im besten Sinne. Er war intelligent, amüsant, großzügig. Er war einfach der *Beste*. Unsere Eltern fühlten sich zu ihm hingezogen, da er der ältere und der bevorzugte Sohn war. Aber ich hasste ihn nicht. Auch nicht den langen Schatten, den sein Leben auf meines warf. Ganz im Gegenteil, es machte mich glücklich, ich zu sein, nur Vaughn, Edwards kleiner Bruder. Im Spätsommer gingen wir reiten, nur wir beide, und rasten durch die Täler. Er ließ mich *immer* gewinnen. Selbst als mein Wallach einmal ein Hufeisen verlor, hielt er sein Pferd an, kam zu mir zurück und verkündete, ich hätte ihn geschlagen. Das war genau die Art von Mann, die er war. Und ich könnte mich nie mit ihm messen." Seine Stimme stockte bei den letzten Worten und er schwieg einen Moment lang.

Perditas Finger hielten an seiner Kehle inne und er spürte, wie sie zitterte. „Was ist mit ihm passiert?"

Vaughn versuchte zu lächeln. „Lassen wir es dabei bewenden. Du hast schließlich um eine wunderbare Erinnerung gebeten."

„Ich habe darum gebeten, alles über dich zu erfahren. Das Gute und das Schlechte. Was ist passiert?"

Vaughns Kehle fühlte sich an, als hätte er Glasscherben verschluckt. „Er ging eines Tages allein reiten. Damals war ich erst sechzehn. Ich war auf dem Weg nach Eton und er kümmerte sich um das Anwesen. Er wurde vom Pferd geschleudert und starb durch den Sturz.“

Er schloss die Augen, drückte Perdita an sich und klammerte sich an sie, während der Schmerz, den er längst verdrängt hatte, sich seinen Weg nach oben bahnte. Vaughn erinnerte sich, wie er den Brief in seinem Zimmer in Eton erhielt. Die krakelige Handschrift seiner Mutter auf dem Pergament war tränenverschmiert, als sie ihm mitteilte, dass Edward gestorben war. Sein Herz, was immer noch offen für das Leben und die Liebe gewesen war, war an diesem Tag zu Stein geworden.

„Du hast ihn innig geliebt“, erkannte sie.

„Das habe ich.“ Er wagte es nicht, die Augen zu öffnen, denn die verräterischen Tränen würden an seinen Wimpern haften bleiben.

„Das bedeutet, dass du lieben *kannst*, Vaughn. Es bedeutet, dass du eines Tages vielleicht sogar *mich* lieben lernen könntest.“ Sie strich mit einem Finger über seine vollen Lippen, als würde sie sich deren Form einprägen.

Ein seltsames Zittern überkam Vaughn. Er dachte an jeden Kuss zurück, den er ihr je gestohlen hatte und daran, wie sie das Feuer erwidert hatte, das in ihm loderte. Aber es war ihm immer wie etwas *mehr* vorgekommen, auf eine Art, die er nicht beschreiben konnte. Als er sie von Liebe sprechen hörte, von der Hoffnung, dass er sie eines Tages lieben würde, da war ihm klar geworden, dass sie ihm damit ihre Liebe gestanden hatte. Es war beängstigend und aufregend, und er wusste nicht, was er tun sollte, außer sich an sie zu klammern und ihren Duft einzuatmen, während die Emotionen in ihm tobten.

In diesem Moment wusste er, dass er, wenn er Perdita jemals verlieren sollte, sich nie wieder erholen würde.

„Schlaf jetzt. Ich bin hier, um über dich zu wachen." Er küsste ihre Stirn, und sie schmiegte sich fester an ihn. Alles würde gut werden. Daran musste er glauben.

❧ 10 ☙

Perdita erwachte erst um die Mittagszeit. Das Bett war leer, aber die Seite, auf der Vaughn gelegen hatte, fühlte sich noch warm an. Sie war so müde gewesen, nachdem sie den Schlaftrunk genommen hatte, aber sie hatte nicht vergessen, was er ihr über seinen Bruder erzählt hatte, darüber, wie er ihn geliebt und verloren hatte. Sie hatte den Schmerz in seinen Augen gesehen und in seinem Tonfall vernommen. Das Herz ihres Viscounts war nicht aus Stein oder gar aus Eis. Es war da, es schlug und blutete, genau wie ihr eigenes.

Sie kletterte aus dem Bett. Ihr ganzer Körper schmerzte, da ihre Muskeln steif waren. Es würde ein langer Tag werden. Heute Abend war das große Festmahl und der Ball, was bedeutete, dass sie wenig Zeit zum Ausruhen haben würde. Sie hob den Kopf, als ihr Dienstmädchen hereinkam.

Beth kam herüber und umarmte sie sanft. „Mylady. Eure Mutter hat mir erzählt, was letzte Nacht vorgefallen ist. Es tut mir so leid. Warum habt Ihr nicht nach mir geschickt?"

„Es ist alles in Ordnung, Beth." Sie tätschelte Beths Rücken. „Ich wollte dich nicht wecken, und ehrlich gesagt... ich wollte nach dem, was passiert ist, in Ruhe gelassen werden." Sie wollte Beth nicht eingestehen, dass sie sich schämte, weil sie angegriffen worden war und dass sie sich dumm vorkam.

Ihr Dienstmädchen starrte sie an, bevor sie sprach, als würde sie Perditas Gefühle verstehen. „Ich wünschte, Ihr hättet nach mir geschickt. Ich hätte nicht..." Beth rang nach Worten. „Ihr seid *meine* Lady und ich hätte alles getan, um Euch zu helfen." Das Dienstmädchen umarmte sie erneut. In Perditas Augen brannten Tränen, als sie dem Mädchen beruhigend über den Rücken strich.

„Ich danke dir, Beth." Einen Moment lang sprach keiner von ihnen, doch als Beth sich aufrichtete, hatte Perdita ihre Angst verbannt und verhielt sich so normal wie möglich.

„Ich habe den strikten Befehl erhalten, dass Ihr Euch nicht bewegen dürft, Miss, außer um zum Abendessen zu kommen. Und es ist Euch unter keinen Umständen erlaubt, zu tanzen."

„Aber..."

„Nicht einen Schritt." Beth begann, ein frisches Kleid und Pantoffeln herauszulegen. Es war ein weißes Kleid.

„Bitte, nicht das. Ich kann mir doch wenigstens aussuchen, was ich anziehe."

Beth warf ihr einen herausfordernden Blick zu. „Nun, dann sagt mir, welches Kleid würdet Ihr gerne tragen?"

„Ich hatte gehofft, mein blaues Kleid zu tragen, das mit den weißen Rosen auf dem Mieder und den Ärmeln. Ich möchte ein neues Kleid tragen, und es wird mir helfen, mich von den anderen Ladies abzuheben, die zur Feier des Heiligen Abends wahrscheinlich Weiß, Rot oder Grün tragen werden."

„Also gut, das blaue. Aber es wird nicht getanzt", befahl Beth.

Perdita rollte mit den Augen und ließ sich von ihrem Dienstmädchen beim Anziehen helfen. Sie entdeckte einen kleinen lila Bluterguss in ihrem Gesicht, den sie versuchen würde, mit ihrem Haar zu verbergen. Es würde allerdings schwierig werden. Sie hoffte, dass es niemandem auffallen würde.

Eine Stunde später ging sie in die Küche, in der Hoffnung, ein paar Kekse zu ergattern. Heute früh hatte sie keinen Appetit gehabt, aber jetzt fühlte sie sich endlich wieder wie sie selbst und war ein bisschen hungrig. Sie war erstaunt, als sie sah, dass Vaughn sich ihr auf der Treppe, die hinunter in die Küche führte, anschloss.

„Wie geht es dir?", fragte er. Er legte eine Hand auf ihren schmalen unteren Rücken. Trotz der vielen Lagen Stoff zwischen ihnen konnte sie die Wärme seiner Handfläche durch alles hindurch spüren.

Sie neigte den Kopf, verlegen, ihn mit dem Bluterguss im Gesicht anzusehen. „Gut genug."

Vaughn blieb am Fuß der Treppe stehen, umfasste ihr Kinn und hob ihr Gesicht an, sodass sie ihm in die Augen sah.

„Verdammt", fluchte er leise. „Heute Morgen, bevor ich gegangen bin, sah es weniger dunkel aus."

Heute Morgen. Er war also gegangen, kurz bevor sie aufgewacht war und hatte sein Versprechen gehalten, die Nacht bei ihr zu bleiben.

„Es ist nichts. Ich habe nur Angst, dass es einer der Gäste sieht. Skandale und Klatsch verbreiten sich so schnell."

„Das stimmt." Er berührte mit seinen Händen ihre Hüften, der Griff war sanft, aber fest. „Warum treffen wir uns nicht in einer Stunde in der Bibliothek? Ich habe einen Plan."

„Ich wollte mir etwas zu essen holen."

„Ich werde mich darum kümmern. Jetzt geh dich ausruhen und triff mich in unserer Nische. In einer Stunde."

„In Ordnung." Sie hob ihre Röcke, um wieder nach oben zu gehen, aber er ergriff ihren Arm und hielt sie auf, um ihr einen langen Kuss zu geben, erst dann ließ er sie los. Atemlos stand sie einen Moment lang wie angewurzelt da, ihr Körper war so heiß, dass sie hinaus in den Schnee laufen wollte, um sich abzukühlen. Dann ging Vaughn den Korridor hinunter in die Küche und sie schlenderte zurück in ihr Gemach und fragte sich, was er wohl geplant hatte.

Sie erhielt ihre Antwort eine Stunde später, als sie auf Zehenspitzen in die Bibliothek schlich.

Vaughn stand auf der Kante der Fensterbank und kümmerte sich um die Aufhängung eines großen Mistelzweiges. Zu seinen Füßen auf dem Boden lag eine große Decke, auf der Teller, ein Krug Limonade und zwei Gläsern standen. Mehrere Bücher lagen in einem ordentlichen Stapel neben den Decken und Kissen, die an der Wand angeordnet waren. Er hatte ein Picknick nur für sie beide vorbereitet.

Welcher Mann würde sich so viel Zeit und Mühe nehmen, um so eine hübsche kleine Szenerie zu gestalten? Es war ganz und gar bezaubernd. Perdita schniefte, als ihre Augen feucht wurden. Seit sie sich am Kopf verletzt hatte, kam sie sich ziemlich albern vor. Es war ihr nicht entgangen, dass Vaughn einen Raum, den sie liebte, einen Raum, in dem etwas Schreckliches geschehen war, ausgesucht und ihn wieder zu einem sicheren Ort gemacht hatte. Und dass er glaubte, kein Gentleman zu sein...

Er stand immer noch mit dem Rücken zu ihr und sie bewunderte die schlanke Form seiner Beine und die Festigkeit seines Hinterns in seiner dunkelblauen Hose. Er trug keine Kniebundhosen, aber das würde er später ändern, wenn er zum Ball ging... ohne sie. Sie würde es vermissen mit ihm zu tanzen, das Tanzen im Allgemeinen, bis ihr Knöchel geheilt war und der Arzt bestätigte, dass sie eine Quadrille oder zwei wagen könne.

„Du hast dich selbst übertroffen", sagte sie anerkennend, als sie die Picknickdecke erreichte.

Vaughn schenkte ihr ein strahlendes Lächeln, als er von der Fensterbank herunterkletterte. Nun standen sie beide unter dem Mistelzweig. Draußen glitzerte der Schnee auf den Rasenflächen und malte ein hübsches Winterbild, das ihr Herz höher schlagen ließ.

Er nickte zu dem Ast über ihnen, dessen damit verbundene Tradition zweifellos zu etwas sehr Verruchtem führen würde. „Willst du es ausprobieren?"

„Ich finde, das ist eine wunderbare Idee." Sie stellte sich auf die Zehenspitzen, um ihre Arme um seinen Hals zu schlingen. Im selben Moment hob er sie an der Taille hoch und küsste sie. Seine Lippen waren weich und sanft, als er ihren Mund erforschte. Perdita gab sich dem exquisiten Geschmack hin und genoss die Wärme seines Körpers. Er ließ sie ihre Sorgen vergessen. Es machte ihn zum perfekten Gefährten.

Als sich ihre Lippen trennten, starrte er sie verwundert an.

„Was ist los?"

„Du." Er strich mit dem Rücken seiner Fingerknöchel über ihre Wange. „Selbst nach dem, was Milburn versucht hat, dir anzutun, kannst du hier stehen und mich küssen. Du bist erstaunlich."

Ein Anflug von Panik stieg bei seinen Worten in ihr

auf. Hielt er sie für wollüstig oder unbeeinflusst von der letzten Nacht?

„Was immer du denkst, hör auf", sagte er. „Was ich meinte, ist, dass nur wenige Frauen so mutig wären wie du, nach dem, was passiert ist, überhaupt mit einem Mann allein zu sein."

Sie senkte den Blick auf den Boden. „Was mir passiert ist... das macht mich nicht schwach. Es macht mich nicht weniger wert."

„Ja", stimmte er zu. „Du bist stark. Das warst du schon immer."

Sie hob ihren Blick und hoffte, dass sie keine Verurteilung in seinen Augen sehen würde.

„Und diese Stärke macht dich erstaunlich." Er ließ seine Lippen in einem leichten, süßen, zärtlichen Kuss über ihre gleiten, sodass ihr die Knie weich wurden. Für einen Mann, der behauptete, er könne nicht lieben, konnte er küssen wie einer, der mehr liebte als der romantischste aller Dichter.

„Willst du dich setzen? Wir können unser Picknick genießen, auch wenn es schon ein bisschen spät ist." Vaughn half ihr auf die Decke und begann, den Aufschnitt und das Obst zu servieren, das er aus der Küche mitgebracht hatte.

„Vaughn, wenn wir verheiratet sind, sollen wir dann in dein Stadthaus ziehen?", fragte sie. Es war seltsam zu denken, dass sie so bald verheiratet sein würde, noch dazu mit dem Teufel von London. Ebenso seltsam war der

Gedanke, dass die gute Gesellschaft Milburn als Gentleman begünstigt und Vaughn im gleichen Atemzug verdammt hatte. Sie hätten sich nicht mehr in beiden Männern täuschen können.

Wenigstens ist mein Teufel in Wirklichkeit ein verkleideter Engel.

„Das könnten wir, es sei denn, du möchtest in eine andere Residenz ziehen." Er antwortete vorsichtig, seine Worte gemessen. „Ich musste den Landsitz auflösen." Er sagte es nicht, aber sie wusste, was er meinte. Dass er ihr Geld nicht für die Wiedereröffnung des Landsitzes verwenden würde, es sei denn, sie erlaubte ihm, ihr Geld für einen solchen Zweck einzusetzen.

Perdita nahm einen Schluck von ihrer Limonade und sah ihn an.

„Gestern Abend, als du von Edward gesprochen hast, habe ich gespürt, dass du unglücklich bist. Ich möchte, dass du... wir... glücklich sind. Wie wäre es, wenn wir einen Teil meiner Mitgift dazu verwenden, um dein Landhaus wieder zu eröffnen? Wenn wir in der Lage sind, deine Pachtfarmen wieder zu füllen, könnten wir einigen Erfolg haben, ein nachhaltiges Anwesen zu schaffen. Ich gebe zu, dass ich das Land der Großstadt London vorziehe und gerne in dem Haus leben würde, in dem du aufgewachsen bist, wenn du das möchtest." Sie und die Kinder, von denen sie hoffte, dass sie kommen würden. Sie hatte sich noch nie für Kinder interessiert, aber wenn sie Vaughn ansah und sich Kinder mit seinem goldenen Haar und den blauen Augen vorstellte... dann wollte sie unbedingt welche haben.

„Wenn es dir nichts ausmacht, würde ich das gerne. Aber ich versichere dir, sobald meine Investitionen mit Lennox Früchte tragen, werde ich das Geld, das wir benutzt haben, auf deine Konten zurückführen. Die Leute werden natürlich reden, wenn wir auf das Anwesen ziehen. Sie werden sagen, dass ich dich nur geheiratet habe, um den Namen meiner Familie reinzuwaschen und meine Umstände zu verbessern." Schweres Bedauern überzog seine Miene und das wärmte ihr Herz noch mehr.

„Lass sie reden." Sie begegnete seinem Blick. „Es ist nichts, was wir nicht schon von hundert anderen gehört haben. Du und ich, wie kennen die Wahrheit über das, was zwischen uns ist."

Sie schob ihren Teller von der Decke und streckte ihm die Hand entgegen. Die Nachmittagssonne strahle in die Bibliothek und tauchte sie in ein warmes Licht, als sie nebeneinander auf dem Boden neben der Fensterbank saßen.

Vaughn legte seine Hand in ihre und sie zog sanft an seinem Arm. Er hob die Brauen in einer stummen Frage. Sie grinste. Es gab eine Sache, die sie im Moment mehr als alles andere wollte. Ihn. Sie wusste, dass er nach allem, was passiert war, in Versuchung gebracht werden musste und sie würde alles tun, was sie tun musste, um den Gentleman-Schurken davon zu überzeugen, das zu beanspruchen, was ihm gehörte. Sie wollte die schlechten

Erinnerungen auslöschen und sie durch neue ersetzen. Aber noch mehr als das wollte sie mit Vaughn zusammen sein. Nicht, weil sie über Milburns Angriff hinwegkommen wollte, sondern weil sie Vaughn schon gewollt hatte, bevor alles das passiert war.

Ich werde nicht zulassen, dass Milburn mir mein Glück oder meine Leidenschaft raubt. Ich kann lieben und Liebe machen, ohne dass sein Gespenst mich verfolgt.

„Morgen werden wir heiraten. Du warst der perfekte Gentleman, aber ich will jetzt keinen Gentleman. Ich will, dass du, mein gefährlicher Schurke, das tust, was du am besten kannst. *Mich verführen.*"

Seine blauen Augen verdunkelten sich und er kroch zu ihr hinüber, als sie sich auf die Decke zurücklegte.

„Bist du sicher? Nachdem...", fragte er zögernd, hatte Angst, die Worte auszusprechen.

„Was Milburn versucht hat, wird mich nicht definieren und es hat nichts daran geändert, was ich für dich empfinde."

Seine Lippen zuckten auf verruchte Weise. „Jeder könnte hereinkommen und uns sehen", warnte er, während er sich über sie beugte.

„Das könnten sie. Aber alle sind mit den Vorbereitungen für den Ball beschäftigt. Da ich nicht tanzen darf, wäre ich viel lieber hier bei dir, so wie jetzt."

Sein wölfisches Grinsen ließ ihr Herz hüpfen. „Eine verruchte Lady für einen verruchten Lord... ich glaube, wir passen *perfekt* zusammen." Er knöpfte seine Weste auf, während sie ihm half, sein Hemd auszuziehen. Sie strich mit den Handflächen über die glatten, gemeißelten Flächen seiner Brust und die straffen Muskeln seines Bauches. Perdita presste ihre Schenkel zusammen, als eine Welle der Lust durch ihren Unterkörper rollte.

„Ich würde dich gerne aus diesem Kleid befreien, aber das können wir nicht riskieren." Er ließ sich auf sie herabsinken. Sie zog ihre Röcke nach oben und er ließ sich zwischen ihren gespreizten Schenkeln nieder. Vaughn strich mit einer Hand an ihrem rechten Bein hinunter und spielte mit den Bändern ihres Strumpfes. Dann schob er seine Hand zwischen ihre Körper und berührte sie zwischen den Schenkeln. Sie zuckte ob der unerwarteten Berührung seiner Finger zusammen. Sie war so erregt, so bereit für mehr, dass sie sich gegen das leichte Eindringen sträubte.

„Es wird ein bisschen wehtun", warnte er. Seine Augen loderten mit einem Feuer, das ihr eigenes widerspiegelte. Perdita nickte.

„Ich weiß, aber ich will dich." Sie hob ermutigend die Hüften und er begann, ihre Lippen und ihren Hals zu küssen, bevor sie spürte, wie er an seiner Hose herumfummelte und sich über sie schob. Etwas Heißes und Hartes drängte sich an ihren Eingang. Sie schlang ihre Beine um seine Hüften und versuchte, ihn näher an sich zu ziehen.

„Ich bin bereit", flüsterte sie gegen seinen Mund.

Vaughn drängte sich in sie. In einem blitzartigen

Moment des Schmerzes hieß sie ihn in ihrem Körper willkommen und er erstarrte über ihr, sein Atem ging schwer.

„So ist es gut, Darling. Atme mit mir." Er küsste sie sanft, während er begann, sich in ihr zu bewegen.

Der Schmerz verebbte und wandelte sich zu etwas anderem, etwas Berauschendem. Es war ein sich immer weiter aufbauendes Vergnügen. Er bewegte seine Hüften, drang immer schneller in sie hinein und zog sich zurück. Das Gefühl war fast zu viel, um es zu ertragen. Ihre Brüste schmerzten, als sie sich fest gegen ihr Mieder drückten.

„Vaughn, es passiert schon wieder." Feuer brannte in ihrem ganzen Körper. Vaughns Lippen eroberten ihre und er stützte seine Arme auf beide Seiten ihres Kopfes ab. Er erhob sich über sie, ein Mann, der nur so vor Muskeln und Kraft strotzte. Doch Perdita empfand keine Angst, nur Lust, als er in sie glitt. Sie schrie auf, als sie ihren Höhepunkt erreichte und er schloss sich ihr an und fluchte heftig, als sie beide zur Ruhe kamen.

Jeder Muskel, der von der Tortur der letzten Nacht geschmerzt hatte, war nun entspannt. Sie hätte sich nicht vorstellen können, dass Liebe machen so beruhigend sein würde, wenn es erst einmal getan war.

„Wie fühlst du dich, Liebling?", fragte Vaughn und seine blauen Augen musterten ihr Gesicht, als er ihren Blick suchte.

Sie seufzte, hob den Kopf und küsste ihn. „Wunderbar."

„Stell dir nur vor, wie viel besser es im Bett sein wird,

wenn ich dich stundenlang erforschen kann, wenn mein Mund und meine Hände all die geheimen Stellen deines Körpers berühren."

„Stundenlang?" Gott, das konnte sie sich nicht vorstellen.

„*Stundenlang*", wiederholte er in einem leisen Flüsterton. „Und es wird dich so erschöpfen, dass du unser Bett nicht mehr verlassen kannst."

Unser Bett. Diese zwei einfachen Worte hüllten ihr Herz in einen Kokon aus Wärme.

„Wir könnten hierbleiben", flüsterte sie. „Vergiss das Abendessen und den Ball. Lass uns hierbleiben." Sie fuhr mit den Händen seine Arme hinauf und genoss es, wie sich seine Muskeln unter ihren Fingern anfühlten. Das Sonnenlicht erzeugte einen wilden goldenen Schein, als es auf sein Haar traf, und sie fuhr mit den Fingern durch die glänzenden Strähnen. Der Rubinstein ihres Rings schimmerte in einem dunklen Blutrot, wie ein pulsierendes Herz.

„Ist es das, was du begehrst... dich zu verstecken? Nicht, dass du eine Ausrede bräuchtest, nach dem, was du durchgemacht hast. Wir haben hier viele Bücher, aber wir werden mehr Essen brauchen. Ich ziehe mich an und gehe hinunter in die Küche. Soll ich?"

„Ja, bitte."

Er löste sich von ihr und sie richteten beide ihre Kleidung. Sie half ihm, seine Weste zuzuknöpfen, dann ließ er sie allein. Perdita ließ sich auf dem Fensterplatz nieder und ihr Körper wurde träge. Sie könnte noch ewig hier bleiben und zusehen, wie die Sonne auf dem Schnee in den Gärten glitzerte. Frischer Schnee. Heute Morgen hatte es noch mehr geschneit.

Sie musterte den Schnee und lehnte sich dann vorsichtig gegen das Glas, um besser sehen zu können. Da waren Fußabdrücke... die direkt zu den Fenstern des Hauses eine Etage tiefer führten. Keines der Dienstmädchen würde draußen herumlaufen, nicht so nahe am Haus. Aber wer würde im Schnee herumstapfen und in die Fenster spähen? Nur ein Name kam mir in den Sinn.

Milburn.

Er war noch hier. Sie würde es Vaughn sagen müssen.

Perdita starrte auf die Stufen, die zu der Kutsche hinunterführten, die sie zu der kleinen Kirche in Lothbrook bringen würde. Sie konnte das Flattern in ihrem Bauch nicht ignorieren. In ein paar Stunden würde sie die Frau des Teufels von London sein.

„Ich kann nicht glauben, dass du heiraten wirst!" Ihre beste Freundin, Alexandra Worthing, stand neben ihr, einen verwirrten Blick auf ihrem schönen Gesicht. „Und ich kann auch nicht glauben, *wen* du heiraten willst."

Sobald der Rest der Gesellschaft die Nachricht hörte, wusste sie, dass sie mit Briefen von all ihren Freunden und Bekannten überschwemmt werden würde, die verzweifelt wissen wollten, wie es zu einer solchen Verbindung gekommen war. Es würde anstrengend sein, es allen zu erzählen.

Für einen kurzen Moment erwog sie, sich an Lady

Society zu wenden, die berüchtigte, aber geheimnisvolle Frau, die die Klatschspalten in der *Quizzing Glass Gazette* verfasste. Das wäre vielleicht eine Möglichkeit, London die Geschichte so zu erzählen, dass Perdita ihre Flitterwochen ohne eine endlose Flut von Anfragen genießen könnte.

„Ich weiß. Aber es fühlt sich richtig an", antwortete Perdita. Sie schob ihren Blumenstrauß aufgeregt auf ihrem Schoss hin und her und sprach ihre Freundin endlich auf die unausgesprochene Spannung zwischen ihnen an. „Bist du böse auf mich? Weil ich Darlington heiraten will? Ich weiß, nach dem, was er getan hat, indem er dich entführt hat, musst du ihn verachten..."

Perdita verkniff sich, was sie außerdem sagen wollte. In gewisser Weise betrachtete Alexandra Vaughn wahrscheinlich so, wie Perdita Milburn betrachtete, obwohl Vaughn nie vorgehabt hatte, sich Alex aufzudrängen. Es war alles nur Show gewesen, um eine Wette zu gewinnen. Aber sie hatte das Gefühl, Alexandra irgendwie zu betrügen, indem sie ihn heiratete und dieser Gedanke brach ihr das Herz.

„Ich..." Alex blickte auf ihre Stiefel hinunter. „Ich bin überrascht, das gebe ich zu. Ich habe nicht geglaubt, dass er gut genug für dich sein würde. Ich bin immer noch nicht davon überzeugt, dass er es ist. Aber wenn du ihn liebst und er dich..."

„Das tut er", sagte Perdita, obwohl sie sich nicht sicher war, ob das stimmte... zumindest noch nicht.

„Dann ist das alles, was wirklich zählt. Es ist egal, was ich von ihm denke." Alex straffte ihre Schultern und reichte Perdita die Hand, so wie sie es als Mädchen immer getan hatten. Es war ein Zeichen der Freundschaft, ein Zeichen des Vertrauens. Perdita ergriff ihre Hände, den Blumenstrauß zwischen ihnen eingeklemmt, während sie sich gegenseitig anstarrten.

„Es ist dein Hochzeitstag", sagte Alex mit einem breiten Lächeln. „Und unsere Ehemänner sind gute Freunde. Heute ist ein glücklicher Tag."

„Das ist es", stimmte Perdita zu. „Vaughn und ich sind so froh, dass ihr gekommen seid."

„Wir sind gerne gekommen! Ich erhielt einen Brief von deiner Mutter, als du ihr von deiner Verlobung erzählt hast. Es tut mir nur leid, dass wir nicht früher hier waren. Worthing hätte Darlington geholfen, diesen Bastard in den Schnee zu zerren und ihm die Schnauze zu polieren!"

„Alex!" Perdita versuchte, über die blutrünstigen Worte ihrer Freundin nicht zu lachen.

Alex tat so, als würde sie Milburn unter ihrem gestiefelten Fuß zerquetschen und doch schaffte sie es, die Geste damenhaft wirken zu lassen. „Er hat viel Schlimmeres verdient", brummte sie.

„Ja, das hat er." Zum zehnten Mal an diesem Tag blickte sie sich um, sah aber nur ihre Diener und die Kutsche. Es nahm ihr allerdings nicht das Gefühl, dass sie beobachtet wurde. Sie hatte Vaughn gestern von ihren Befürchtungen erzählt, dass Milburn nicht nach London zurückgekehrt sein könnte. Er hatte geschworen, sie immer zu beschützten und nur auf ihr Drängen hin hatte er sich bereit erklärt, sie zu verlassen, um zuerst zur Kirche zu reiten.

„Komm Perdy, wir dürfen nicht zu spät kommen." Alex nahm ihren Arm und sie gingen hinunter zur Kutsche und kletterten hinein. Ihr Vater kam aus dem Haus, gesellte sich zu ihnen und grinste.

„Es geht nichts über eine Weihnachtshochzeit, nicht wahr?", fragte er.

Perdita lächelte zurück. Was für ein wunderbarer Tag, um zu heiraten.

VAUGHN SPÜRTE DAS GEWICHT SEINER PISTOLE, DIE ER sicher in einer Tasche seines Mantels versteckt hielt, als er die Stufen der kleinen grauen Steinkirche hinaufging. Grünpflanzen hingen über dem Eingang und bedeckten viele der Kirchenbänke, die den Gang zum Altar säumten. Viele der Dorfbewohner von Lothbrook warteten in den Reihen und trugen ihre schönsten Weihnachtskleider. Alle waren gekommen, so schien es, um der Hochzeit beizuwohnen.

Meine Hochzeit. Er lächelte leicht, als er seinen Mantel ablegte und darauf achtete, die Pistole zu sichern, bevor er seinem Kammerdiener seine Sachen reichte, der sie in der ersten Reihe in der Nähe des Altars ablegte. Es war sein einziger Schutz für den Fall, dass Milburn beschloss, aufzutauchen. Nachdem Perdita ihm gestanden hatte, dass sie außerhalb des Hauses neben den Fenstern Fußspuren gesehen hatte, befürchtete er, dass Milburn noch irgendwo im Dorf auf sie wartete.

Er hatte versucht, ihre Bedenken zu beschwichtigen, aber die Wahrheit war, dass Perdita mit ihren Befürchtungen mehr Recht haben könnte, als sie ahnte.

Sein Butler, Mr. Craig, war am Tag zuvor mit Neuigkeiten angekommen. Mr. Craig hatte seine Gerissenheit und seine Kontakte aus den Tagen bevor er Butler wurde genutzt, um Darbys Investitionspartner aufzuspüren. Nachdem er einige Erkundigungen unten bei den Docks eingeholt hatte, hatte er in der Nacht ihre Büros durchwühlt und dabei Anlagenbücher entdeckt, die mehrere Jahre zurückgingen, noch in die Zeit, bevor Darby investiert hatte. Ohne Zweifel hatten die gefälschten Dokumente, die Milburn besaß, diese als Vorlage benutzt und die Daten entsprechend geändert.

Craig hatte die Dokumente zum örtlichen Magistrat gebracht und die beteiligten Investmentpartner waren zur weiteren Überprüfung in Gewahrsam genommen worden. Milburn hatte keine Macht mehr über Perdita, ob die Beweise nun erfunden waren oder nicht, und der Skandal, der über London hereingebrochen war, würde den abscheulichen Mann unweigerlich in den Abgrund ziehen und seinen Ruf ruinieren. Milburn würde auf Blut aus sein.

„Hör auf herumzuhampeln", murmelte Ambrose in

sein Ohr. „Du willst doch nicht, dass deine zukünftige Braut merkt, dass du nervös bist."

Vaughn schluckte ein Lachen herunter. Als sein bester Freund Ambrose mit seiner neuen Frau angekommen war, war das ein Segen gewesen, den Vaughn nie erwartet hatte. Er hatte ihre Freundschaft fast zerstört, indem er Alex entführt hatte, um eine Wette zu gewinnen. Dass sein Freund heute hier war, an seinem Hochzeitstag... tausend Worte lagen Vaughn auf der Zunge, aber er schämte sich zu sehr, eines davon auszusprechen.

„Alles wird gut", sagte Ambrose, als könne er den Schmerz und das Bedauern in Vaughns Herz lesen.

„Danke", flüsterte er. Ambrose nickte und lächelte.

Der Vikar in seinem Weihnachtsgewand wartete neben Vaughn. Sie starrten beide auf die Tür und lauschten auf das Rattern der Kutsche auf dem Kopfstein-pflaster, die seine zukünftige Braut transportierte.

„Habt Ihr Angst, dass sie nicht kommt?", fragte der Vikar, ein Mann in seinen frühen Zwanzigern, neckend. „Das braucht Ihr nicht. Ich kenne Miss Darby, seit ich ein kleiner Junge war. Es gibt nichts, was sie aufhält, wenn sie etwas will. Und nach dem, was ich gehört habe, will sie Euch." Die Augen des Mannes funkelten und Vaughn entspannte sich.

Sie wollte ihn genauso sehr wie er sie wollte. Am Abend zuvor hatten er und Perdita Stunden in der Biblio-thek verbracht, sich gegenseitig vorgelesen und Liebe gemacht. Es war das Risiko wert gewesen, entdeckt zu werden, um ihr zu zeigen, wie geschickt er sein konnte. Und sie war perfekt gewesen. *Wunderbar.*

Und nun würde er sein Leben mit ihrem vor Gott vereinen. Zum ersten Mal verstand er den seltsamen Zustand, dem sein Freund Ambrose zum Opfer gefallen war.

Liebe... Liebe, die durch pure Vorfreude mit jemandem vereint zu sein hervorgerufen wurde. Er hätte nie gedacht, dass er einmal so fühlen würde. Nicht nach dem Herzschmerz, den er beim Tod seines Bruders verspürt hatte.

Die Türen öffneten sich und Perdita betrat die Kirche in einem weißen Seidenkleid. Es war schlicht, aber elegant, genau wie sie selbst. Sie biss sich auf die Lippe, als sie auf ihn zuging und er erkannte, dass sie versuchte, ein Lächeln zu verbergen. Mr. Darby zog sie zu sich und küsste sie auf die Wange, bevor er seinen Platz in der vordersten Kirchenbank einnahm.

Der Vikar begann die Zeremonie und Vaughn hatte Mühe, die Worte des Gelübdes und der Sakramente zu verstehen. Alles, woran er denken konnte, war, wie er seine Seele vor dieser Frau neben ihm entblößt hatte und wie sie sich mit ihrer Klugheit und Anmutigkeit in sein Herz gegraben hatte. Sein Leben war nun geteilt in ein Leben vor ihr und ein Leben mit ihr.

Endlich erhielt er die Erlaubnis, sie zu küssen, was er ohne Zögern tat. Sie kicherte dabei gegen seine Lippen. Danach gingen sie in die Sakristei, um das Register zu unterschreiben. Dann nahm er seinen Mantel von seinem Kammerdiener entgegen und sie ihren von ihrer Zofe, und sie machten sich bereit, ihre Gäste auf den Stufen der Kirche zu treffen.

Mr. Craig stand in der Nähe der Stufen, seine kühlen Augen und sein wettergegerbtes Gesicht von der malerischen Szene der Stadt zu Weihnachten unberührt. Vaughn nickte ihm zu. Der ältere Mann wirkte auf die meisten hochmütig und unnahbar, aber für Vaughn war er ein Vertrauter und Verbündeter, und er war froh, dass Mr. Craig der Hochzeit beiwohnen konnte.

„Bist du bereit?", fragte Perdita mit verschmitzten Augen.

„Das bin ich. Das heißt, ich bin bereit, dich flach auf den Rücken auf ein Bett zu legen." Er flüsterte dies so, dass keiner der Gäste um sie herum es hören konnte.

„Du böser Mann!", schimpfte sie, aber ihre Wangen hatten sich bereits gerötet. Er konnte nicht umhin, zu bemerken, wie sich ihre Brüste gegen das Mieder ihres Kleides drückten, als sie einatmete. Bald würde er jeden Winkel ihres Körpers mit intimem Vergnügen erforschen.

Vaughn war so in Gedanken an seine Flitterwochen und das bevorstehende Festmahl versunken, dass er vollkommen abgelenkt war, als sie die kleine Kirche verließen. Die Leute versammelten sich um sie, schüttelten Hände und gratulierten. Erst als sich plötzlich die Menge teilte, wurde Vaughn klar, dass sich etwas Schreckliches abspielte.

Samuel Milburn stand auf der kopfsteingepflasterten Straße, zerzaust und wild.

„Ihr habt alles ruiniert!", schrie Milburn und hob den Arm, während er sie anstarrte. Licht glitzerte auf der Pistole, die er in der Hand hielt, als er auf Perdita zielte.

Vaughn hatte bis zu diesem Moment nie verstanden, was sein Vater gemeint hatte, als er von den Instinkten eines Soldaten gesprochen hatte. Er handelte ohne nachzudenken und stellte sich vor seine Frau. Milburn feuerte und Vaughn stöhnte auf, als die Kugel einschlug.

Der Schmerz war zuerst stechend, dann wurde er zu einem schweren Pochen, aber er war nicht einmal in der Lage, einen Fluch auszusprechen. Um ihn herum schrien alle durcheinander, doch Vaughn hielt Perdita sicher hinter sich gedrückt, selbst als er stolperte und fiel. Er kämpfte damit, seine Waffe aus dem Mantel zu ziehen, als Milburn eine zweite Pistole hervorholte.

Mr. Craig trat vor und drückte Vaughn hinter sich. „Verzeiht, Mylord", knurrte er, hob seine eigene Pistole und feuerte auf Milburn.

Der Mann fiel auf die Knie und landete mit dem Gesicht nach unten im Schnee, eine rote Blutlache sickerte zu beiden Seiten in den Schnee um ihn herum. Die Waffe war gespannt und lag noch immer in seiner Hand. Eine Sekunde lang bewegte sich niemand. Dann steckte Mr. Craig die leere Pistole in seinen Mantel und drehte sich wieder zu Vaughn um.

„Es tut mir schrecklich leid, Sir. Aber Eure Wunde hätte Euch am Zielen gehindert."

„Guter Mann." Vaughn gluckste und zuckte dann zusammen. „Guter Mann." Er war immer froh gewesen, dass sein Butler über ganz besondere Fähigkeiten verfügte und heute hatten diese Fähigkeiten ihn und seine Frau gerettet.

Sein Butler nickte ernst.

Perdita fiel neben ihm auf die Knie. „Vaughn."

„Mir geht es gut, Liebling. Würdest du bitte den Arzt holen?" Er hielt seine Stimme ruhig, denn sie weinte und klammerte sich an ihn. Das Chaos vor der Kirche hatte sich nur ein wenig gelegt, aber darauf konzentrierte er sich nicht. Er hielt seinen Blick auf Perdita gerichtet und ihrer war auf ihn fixiert.

„Und wenn man bedenkt, dass du dir Sorgen gemacht hast, ich würde dich nicht lieben...", neckte er sie.

Ihre Augen füllten sich mit Tränen. „Vaughn." Sie umarmte ihn heftig. „Bitte mach keine Witze darüber."

Er schaffte es, einen Arm um sie zu legen, während er sich aufrichtete. Erst dann wagte er es, einen Blick auf seine Wunde zu werfen. Sie war nicht tief. Er war an der Schulter getroffen worden, aber die Kugel war nur durch den Muskel gedrungen. Es war ein Streifschuss.

„Ist es schlimm?", fragte Perdita und drückte sich dicht an ihn.

„Nein, ganz und gar nicht. Zum Glück für uns bin ich verdammt schwer zu töten."

Perdita starrte ihn an und blinzelte schnell, als sich Tränen in ihren Augen bildeten. Vaughn wusste, dass sie sich über seine Neckerei ärgerte.

Der Arzt traf ein paar Minuten später ein. Sein Wohnsitz war zum Glück nicht weit von der Kirche entfernt. Vaughn und Perdita gingen wieder hinein, um seine Wunde versorgen zu lassen. Sie setzten sich in die letzte Kirchenbank, wo Vaughn seinen Mantel, seine Weste und sein Hemd auszog.

„Verdammt, es ist richtig kalt hier drin", murmelte Vaughn, während der Arzt seine Wunde säuberte.

„Ihr hattet Glück", sagte Dr. Williams. „Es ist ein Streifschuss. Ich werde die Wunde verbinden und Ihr müsst darauf achten, dass der Verband frisch bleibt. Ich fürchte, Ihr dürft Euch ein paar Tage lang nicht anstrengen." Der Arzt warf Vaughn einen ernsten Blick zu und sagte dann zu Perdita: „Ich verstehe die junge Liebe und die Leidenschaft von Frischvermählten, aber nichts davon ist erlaubt, hört Ihr? Nicht für drei oder vier Tage."

„Von wegen", knurrte Vaughn.

Perdita drückte seinen Arm. „Wenn er sagt, wir dürfen nicht, dann dürfen wir auch nicht. Aber wir werden es nachholen. Sobald wir können." Ihre Wangen erröteten auf eine entzückende Art und Weise.

„Ich werde dich an dieses Versprechen erinnern, Liebling." Er hatte ein paar köstliche Ideen, was er tun würde, sobald er wieder gesund war.

Sie lächelte ihn an und ihre Augen funkelten vor Tränen. „Gut."

Dr. Williams grunzte, während er Vaughns Wunde verband. Als sie bereit waren, die Kirche zu verlassen, fanden sie draußen Perditas Vater vor. Milburns Leiche war bereits von der Straße entfernt worden.

„Euer Butler hat nach dem Richter gerufen, Vaughn. Ich bezweifle, dass es weitere Fragen geben wird. Jeder hat gesehen, was passiert ist."

„Dem Himmel sei Dank." Perdita lehnte ihren Kopf an Vaughns Schulter. Die Geste war so vertraut, dass es sein Herz mit Freude erfüllte. Sie schenkte ihm ihr volles Vertrauen, und dieses Wissen ließ ihn schwindelig werden.

Mrs. Darby lächelte ihn warmherzig an. „Bringen wir Euch nach Hause."

Nach Hause. Nach Hause zu Perdita und ihrer Familie. Sie sind jetzt meine Familie. Mit einem zaghaften Grinsen ging er mit seiner Braut hinunter zur wartenden Kutsche und ignorierte den stechenden Schmerz in seiner Schulter. Er war nicht allein. Nicht mehr.

DREI LANGE TAGE SPÄTER FAND SICH PERDITA AUF DER Kante ihres Bettes sitzend wieder, eine kleine Schachtel in der Hand, mit nichts als ihrem Unterkleid bekleidet. Schmetterlinge tanzten in ihrer Brust und ihrem Bauch. Sie konnte es nicht verhindern. Heute Abend würde sie

Vaughn sein Weihnachtsgeschenk geben, wenn auch mit ein paar Tagen Verspätung, und sie betete, dass er nicht sauer auf sie sein würde.

Viele Männer würden nicht gut darauf reagieren, wenn man ihnen etwas von ihrem Stolz nahm. Aber in den letzten paar Tagen hatte sich so viel zwischen ihnen verändert. Da sie nicht miteinander schlafen durften, hatten sie sich in den Armen gelegen und im Dunkeln über ihre Hoffnungen, ihre Träume und ihr früheres Leben geflüstert.

Es erstaunte sie zu erkennen, dass es tatsächlich möglich war, einen Mann zu lieben, der ihr noch vor kurzem fremd gewesen war. Ja, Lust hatte eine Rolle gespielt, aber nach allem, was sie geteilt hatten, hatte sich die Liebe an sie herangeschlichen, leise wie ein Dieb, und nun musste sie zugeben, dass sie Vaughn wirklich liebte. Sie wusste, dass er sie auch liebte. Wenn er nicht zwischen sie und Milburns Pistole getreten wäre, um seine Liebe zu beweisen, hätte sie es auch so in den letzten drei Tagen erkannt. Das sanfte Lächeln, die Art, wie er zuhörte, die Art, wie sie beieinander lagen, die Köpfe nah nebeneinander und die Glieder verflochten. Ihren Herzen schlugen im Einklang.

Sie setzte sich aufrechter hin, als sich die Tür zu ihrem Schlafgemach öffnete.

Vaughn kam herein und warf ihr ein böses Grinsen zu, das sie zum Lachen brachte.

„Drei Tage, wie befohlen. Und nun gehörst du mir.

Vollkommen." Er ging auf das Bett zu, aber sie hielt eine Hand hoch, um ihm Einhalt zu gebieten.

„Warte."

Er blieb stehen und musterte sie fragend. Sie sah auf die kleine Schachtel hinunter und dachte an den Inhalt.

Bitte verstehe, wieso ich sie dir zurückgeben muss.

„Was ist das?", fragte er.

„Ein Weihnachtsgeschenk, das längst überfällig ist." Sie hob es hoch und er nahm es ihr langsam ab. Er war so gutaussehend. So wie nur ein Mann es sein konnte, der nichts anderes trug als seine Hirschlederhosen und eine dunkelblaue Seidenweste. Vaughn öffnete die Schachtel und sein Blick blieb auf dem Geschenk haften. Er schwieg.

Es war natürlich die Taschenuhr, die sie beim Juwelier zurückerstanden hatte.

„Ich..." Seine Stimme brach, als er die Uhr aus der Schachtel nahm. Das Silber der Uhr glitzerte im Licht. „Wie..." Er schüttelte ein wenig den Kopf. „Sie gehörte meinem Großvater. Ich musste sie verkaufen."

„Versprichst du, mir nicht böse zu sein?", fragte sie.

„Ich verspreche es." Seine Augen leuchteten, aber nicht vor Zorn.

„Ich habe dich gesehen, an jenem Tag beim Juwelier. Ich wollte dich nicht belauschen, aber ich tat es. Als mir klar wurde, dass du mir einen Ring kaufen würdest, konnte ich nicht zulassen, dass du etwas aufgibst, das dir so sehr am Herzen liegt."

„Die ganze Zeit über hast du sie gehabt?"

„Ich hatte Angst, du wärst mir böse, wenn ich sie zurückkaufe, aber ich konnte sie nicht einfach liegen lassen. Sie gehört dir. Du bist doch nicht verärgert, oder?"

Sein Daumen strich über den silbernen Deckel der Uhr, bevor er sie auf den Tisch neben ihrem Waschbecken legte. Methodisch knöpfte er seine Weste auf, dann zog er sein Hemd aus. Er lockerte die Knopfleiste seiner Hose, zog sie aber nicht aus.

„Vaughn..."

„Zieh dein Unterkleid aus", befahl er. Seine Stimme war tief und dunkel. Seine Augen jedoch versprachen, dass alle ihre verruchten, verbotenen Fantasien in Erfüllung gehen würden. Nervös stand sie im Sog seines intensiven Blicks. „*Jetzt.*"

Sie beeilte sich, ihr Unterkleid abzulegen. Er riss es ihr aus den Händen, faltete es zusammen und legte es auf den Sessel neben ihrem Frisiertisch.

„Wenn wir schlafen, wirst du dein Unterkleid ausziehen. Ich mag es, Haut an Haut neben dir zu liegen", murmelte er, während er mit einem Finger an ihrem Schlüsselbein entlangfuhr.

Perdita zitterte und wollte ihre Brüste bedecken, aber sein dunkler Blick hielt sie auf.

„In diesem Raum habe *ich* die Kontrolle", erinnerte er sie. Sie nickte und ihr Körper erhitzte sich. Außerhalb des Bettes würde sie sich niemals von ihm kontrollieren lassen, aber im Bett würde sie sich ihm bereitwillig hingeben. Sie sehnte sich nach seinen Befehlen, seiner Kontrolle. Es war erregend und aufregend zugleich.

„Leg dich für mich hin, Darling."

Sie tat es und versuchte, den Kopf zu heben, um ihn zu sehen, während er das Halstuch aus seinem Hemd zog.

„Was..."

Sie verstummte, als er zum Bett kam. Er nahm ihre Handgelenke und band sie mit dem Tuch zusammen. Dann hob er ihre Hände über ihren Kopf und fesselte sie an einen der Bettpfosten.

Perditas Herz raste. Sie wehrte sich gegen die Fesseln, konnte sich aber nicht befreien.

„Hier, wenn wir allein sind, können wir uns unseren dunklen Seiten hingeben", sagte er und ein Lächeln umspielte seine Mundwinkel. „Vertraust du mir?"

„Ja." Sie vertraute ihm wirklich. Die Bandage um seine Schulter erinnerte sie daran, dass dieser Mann sein Leben für sie geben würde.

„Gut." Er kletterte auf das Bett und bedeckte ihren Körper mit seinem, während er sie küsste. Seine Lippen bewegten sich gekonnt über ihre. Dann folgte er einem brennenden Pfad hinunter zu ihren nackten Brüsten. Perdita atmete tief durch, als sich seine Lippen um eine Brustwarze legten. Es war ein überwältigendes Gefühl, seinen heißen Mund auf ihren Brüsten zu spüren. Er knabberte an der zarten Knospe und ein Flüstern des Schmerzes mischte sich mit dem Vergnügen, bevor er zu ihrer anderen Brust hinüberwanderte. Er bewegte sich tiefer und tiefer an ihrem Körper hinunter. Perdita presste ihre Schenkel zusammen, aber er schob sie auseinander.

„Dein Geschlecht ist so hübsch Rosa", flüsterte er gegen ihren Hügel, bevor er die Innenseiten ihrer Oberschenkel küsste. Sie öffnete den Mund, um zu sprechen, aber er brachte sie mit einem weiteren seiner verruchten Blicke zum Schweigen.

„Du gehörst mir, Liebling. Ich kann alles mit dir tun. Mit dir spielen, dich schmecken. Du darfst nur *Mylord* sagen oder Laute der Lust von dir geben. Verstanden?"

Sie nickte ruckartig und keuchte dann erschrocken auf, als er sie dort unten leckte. Der unerwartete Ausbruch der Empfindungen ließ sie wimmern und ihre Schenkel bebten. Seine Zunge spielte weiter mit ihren Falten und er streichelte sie, bevor er seine Lippen um ihre pochende Knospe schloss. Dann saugte er an diesem Nervenbündel und sie schrie vor Schreck über den harten Luststoß, der durch sie hindurchfuhr.

„Das ist es", ermutigte er sie sanft, als sie den exquisiten Rausch genoss.

„Mylord..." Sie keuchte leise, kaum in der Lage, die Worte zu sprechen oder an etwas anderes zu denken.

„Ja?"

Sie hatte die Augen geschlossen, aber sie konnte das Lächeln in seiner Stimme hören. „Ihr seid der verruchteste Mann in ganz London. Nein, in ganz England."

Sein Glucksen überraschte sie.

„Nun, du hast den Teufel von London geheiratet." Er

rollte sie auf den Bauch. Dann, ohne Vorwarnung, schlug er ihr mit der Hand auf den Hintern. Der Schlag war nicht hart, aber er ließ sie vor Überraschung aufschreien. Er tat es noch zweimal, dann strich er mit der Handfläche beruhigend über ihr Gesäß. Es fühlte sich auf ihrer leicht brennenden Haut wunderbar an. Dann wurde sie wieder auf den Rücken gedreht, während er sich über sie beugte.

„Zu viel?", fragte er.

„Nein, Mylord."

„Gut." Er drückte ihr einen heißen Kuss auf die Lippen, bevor er sich zwischen ihre gespreizten Schenkel kniete. Dann hob er ihre Hüften an, brachte sie nahe an seinen Schoß, sodass sie weiterhin ihren Körper sehen konnte. Er zerrte seine Hose herunter und seine Erektion sprang ihr entgegen.

„Sieh zu, während ich dich für mich beanspruche", befahl er. In seiner Stimme lag ein Knurren, eine Andeutung des Biestes unter seiner Haut, das sie in Erwartung erzittern ließ. Er führte seinen Schaft in sie ein.

„Verdammt nochmal, bist du eng." Vaughn stieß tiefer und tiefer in sie hinein. Sie sah erregt zu, wie sie sich völlig vereinigten.

Er begann, in sie zu stoßen, bis sie beide leise, kehlige Geräusche von sich gaben, als sich ihre Körper immer wieder vereinigten. „Sieh nicht weg. Mach die Augen nicht zu." Die Muskeln in seiner Brust und seinen Armen spannten sich an, als er in sie pumpte. Perdita konnte nicht wegsehen, selbst wenn sie es wollte. Ihr dunkler

Gott der Unterwelt beanspruchte sie, ihren Körper und ihre Seele. Als sich ihre Blicke trafen, als sie gemeinsam ihren Höhepunkt erklommen, erkannte sie, dass sie auch ihn besaß.

Stunden später lag Perdita auf Vaughn, ihre Beine waren nun mit seinen verschränkt, ihre Körper feucht, und der langsame, gleichmäßige Atem, ihres fast schlafenden Mannes, war beruhigend.

„Es war nicht zu viel?", fragte er.

Sie hob ihr Gesicht an und legte ihr Kinn auf seine Brust. „Nein. Es war perfekt."

Das jungenhafte Grinsen, das sie so bewunderte, schmückte sein Gesicht. Er spielte mit einer Locke ihres Haares und wickelte sie um einen seiner Finger.

„Ich kann mich Glücklich schätzen, dich zur Frau zu haben."

„In der Tat. Ich bin wunderbar", stimmte sie zu und verkniff sich ein Lächeln.

„Freches, kleines Ding." Er klopfte ihr mit der freien Hand auf ihr Hinterteil und sie fauchte. Er hatte ihr heute Abend seine dunklen Begierden gezeigt und sie hatte entdeckt, dass ihre mit seinen übereinstimmten.

Dieser schöne, geheimnisvolle Mann liebt mich. Er erregt mich. Ich fühle mich in seinen Armen lebendiger als je zuvor.

Perdita küsste seine Brust und legte ihren Kopf an seine Schulter.

„Sag mir, dass es immer so zwischen uns sein wird.

„Es wird immer so sein. Außer natürlich, wenn die

Kinder alt genug sind, um sich aus ihrem Gemach zu schleichen und zu uns kommen können. Es wird noch mehr Spaß machen, den Schlingeln auszuweichen, um einen Moment allein für uns zu haben." Er lachte und der satte Klang grollte tief aus seiner Brust.

„Du willst Kinder?"

„Mehr als alles andere, außer dir."

Sie presste sich noch fester an ihn. „Das macht mich sehr glücklich."

Er streichelte ihre Wange und gab ihr einen Kuss auf die Schläfe. „Bist du wirklich glücklich, meine Frau zu sein?"

Sie hob wieder den Kopf. „Unendlich glücklich. Und du? Bist du glücklich, mein Gemahl zu sein?"

Seine Augen waren ernst. „Das bin ich. Es ist etwas Unbeschreibliches an der Freude, mich mit dir zu teilen, dich in mein Herz zu lassen. Am Anfang war es beängstigend, aber nun kann ich mir keinen Tag ohne dich vorstellen."

„Du liebst mich also?" Sie versuchte, neckisch zu klingen, aber sie musste die Worte aus seinem Mund kommen hören.

„Das tue ich. Ich liebe dich bis in die Tiefen meiner Seele und darüber hinaus."

„Ich liebe dich auch. Mein Ritter auf einem weißen Ross." Sie strich mit einer Hand über seine Brust. Ihr war klar geworden, dass ein Mann in perfekter, glänzender Rüstung ein Mann war, der nie geprüft worden war.

Vaughn hatte in seiner beschlagenen Rüstung mehr als einmal bewiesen, wie stark er wirklich war, und er liebte sie auf eine Weise, von der sie nie zu träumen gewagt hätte.

Sie rutschte ein paar Zentimeter nach oben, um ihn zu küssen, denn sie wusste, dass sie endlich die Liebe ihres Lebens gefunden hatte. Diese Liebe erfüllte sie, als ihre Lippen sich trafen und er sie mit seiner Zunge verführte, während er sie sicher in seinen starken Armen hielt. Sie flüsterte ein stilles Gebet des Dankes für das Geschenk, jemanden zu lieben, der ihre Liebe erwiderte. Es war die Art von Wunder, nach der sie sich immer gesehnt hatte.

Während draußen weiße Flocken fielen, war sie dankbar dafür, das Weihnachten eine Zeit der Hoffnung, der Wunder, des Glaubens und der unendlichen Liebe war.

VIELEN DANK, DASS SIE DIE VERFÜHRUNG DES Schurken gelesen haben! Ich hoffe, Ihnen hat die Geschichte von Vaughn und Perdita gefallen! Das nächste Buch der Serie ist Die Verführung des Gentleman. *Es wird bald erscheinen. Folgen Sie mir auf meiner Amazon-Autorenseite und besuchen Sie meine deutsche Webseite, um zu sehen, wann es verfügbar ist, und um meine anderen deutschsprachigen Titel zu sehen, indem Sie auf den folgenden Link klicken: https://laurensmithbooks.com/genre/german/.*

Um den Prolog und das erste Kapitel von Die

Verführung des Gentleman *zu lesen, blättern Sie bitte einfach um. Es handelt von Martin, Helens Zwillingsbruder, aus* Die Verführung des Duellanten *(Buch 1 dieser Serie). Es zeigt, wie Martin die Tochter seines Feindes als seine Mätresse gewinnt, um eine Wettschuld zu begleichen.*

DIE VERFÜHRUNG DES GENTLEMAN
PROLOG

London, 5. Dezember 1814

„Bitte, das könnt Ihr nicht tun!" Das heisere Flehen hallte in der Stille des Saales wider.

Der siebzehnjährige Martin Banks versteckte sich in den Schatten und beobachtete, wie sein Vater im Foyer ihres kleinen Stadthauses in der Gracechurch Street Edwin Hartwell um Gnade anflehte. Edwins große Statur, seine breiten Schultern und seine kalte Miene erfüllten Martins junges Herz mit Angst. Seine Zwillingsschwester Helen umklammerte seinen Arm, als sie von ihrem Versteck aus um den Rand des Vorhangs spähten.

„Ich kann und werde es tun." Edwins Gesicht war hart, als er William Banks anstarrte. „Ihr schuldet mir zehntausend Pfund und ich werde diese Schuld einfordern. Wenn Ihr nicht zahlen könnt, werfe ich Euch innerhalb einer Woche hier heraus."

„Uns herauswerfen?" Ihre Mutter, eine reizende Frau mit einer zarten Konstitution, lehnte sich schwer gegen das Geländer, um sich abzustützen. Sie hätte sich oben ausruhen sollen, aber stattdessen stand sie gemeinsam mit ihrem Mann dieser Bestie gegenüber. Martin wollte zu ihr gehen, aber er war wie erstarrt vor kindlicher Angst. Wenn sein Vater Angst vor Edwin hatte, dann wusste Martin, dass es keine Chance gab, gegen ihn zu kämpfen.

„Ja, Madam." Edwins Antwort war kalt genug, um die Themse zum Einfrieren zu bringen.

„Oh, bitte, das könnt Ihr nicht tun. Was ist mit den Kindern?" Sie streckte beschwörend eine Hand nach Edwin aus, aber er wich ihrer Berührung aus und trat einen Schritt zurück.

„Wenn Euch Eure Kinder auch nur im Geringsten am Herzen lägen, hättet Ihr nicht so eine riskante Investition getätigt. Ich habe Euch das Geld geliehen und ihr seid es mir schuldig."

Martins Kehle schnürte sich zusammen und er ballte die Hände zu Fäusten, so fest, dass sich seine Nägel in seine Handflächen gruben, und Blut hervortrat.

„Ich werde Euch das Geld besorgen", versicherte William und beeilte sich, Edwin zu beschwichtigen.

„Ihr könnt es versuchen, aber keine der Banken wird Euch einen Kredit geben."

„Vielleicht doch", wandte sein Vater ein. „Ich bin nicht bei allen in Ungnade gefallen."

„Das werden wir sehen. Wenn nicht, wird man Euch in

sieben Tagen hinauswerfen." Edwin setzte sich den Hut auf den Kopf und der Butler öffnete ihm die Tür. Als der Mann in die Nacht hinaustrat, starrte Martin auf dessen Rücken. Dieser Anblick brannte sich für immer in sein Gedächtnis ein.

Edwin Hartwell, der Mann, der ihre Familie ruiniert hatte.

„William, was sollen wir nur tun? Wenn die Banken uns nicht helfen wollen...", begann seine Mutter.

„Ich habe noch Freunde in Drummonds. Ich werde morgen früh als Erstes dorthin reisen."

„Bitte, ich bin so besorgt. Es ist so kurz vor Weihnachten. Was ist, wenn wir uns keine andere Wohnung leisten können?" Seine Mutter umarmte seinen Vater und Martins Herz schwoll vor Hoffnung an. Sicherlich würde sein Vater in der Lage sein, etwas zu unternehmen. Es durfte nicht anders sein... sie brauchten ein Heim, in dem sie leben konnten.

„Es wird alles gut werden, Mary. Du wirst sehen. Irgendwo muss es doch ein Zimmer geben, auch wenn wir in eine weniger respektable Gegend der Stadt ziehen müssen." Sein Vater ließ seine Frau los und sie strich eine Träne von ihrer Wange. Ihre Hände zitterten.

„Geh nach oben und ruh dich aus. Du hattest heute schon zu viel Aufregung." Williams Augen waren dunkel vor Sorge. Martin war ebenfalls besorgt. In den letzten Tagen war seine Mutter schwächer geworden, als sie es jemals zuvor gewesen war. Sie ging auf die Treppe zu, brach aber plötzlich zusammen. Ihr Körper sackte auf den Boden.

„Maria!", rief sein Vater und eilte zu ihr, um sie in seine Arme zu schließen.

„Mutter!" Martin floh aus dem Schatten und schloss sich ihm an, Helen dicht auf seinen Fersen.

Seine Mutter lag wie ein gefallener Engel in dem Armen seines Vaters und ihre Wimpern flatterten wie die verzweifelten Flügel eines Schmetterlings, der inmitten eines Sturms versuchte, sich in der Luft zu halten. Ihr aschfahles Gesicht, die blassen Lippen und die trüben Augen warnten Martin vor einer Wahrheit, die er nie hatte sehen wollen... dass die eigenen Eltern nicht unbesiegbar waren.

„Hol den Doktor!", rief William.

Martin schnappte sich seinen Mantel von einem besorgten Diener, rannte auf die Straße und rief nach einer Droschke. Der Arzt, den sie kannten, wohnte nur ein paar Straßen weiter, aber Martin fürchtete, dass selbst diese kurze Strecke zu weit sein würde. Er hatte das blasse Gesicht seiner Mutter gesehen. Ihre Glieder waren erschlafft. Er hatte den Tod gesehen.

Edwin Hartwell hatte mehr gestohlen als Martins Heim... er hatte seiner Mutter das Leben genommen, und eines Tages würde Edwin dafür bezahlen.

CHAPTER 1

L*ondon, 10. Dezember 1825*

Martin Banks verachtete Weihnachten. Er saß in einem Sessel in seinem Club, dem *Brooks*, und hörte zu, wie die Männer um ihn herum über die Bälle und Winterfeste diskutierten, die in den nächsten Wochen vor den Feiertagen stattfinden würden. Er entfaltete sein Exemplar der *Morning Post* und versuchte, sich auf die Artikel zu konzentrieren, um die Geschichten der Männer um ihn herum auszublenden, die von Schneeburgen, Feigenpudding und der Suche nach einem Weihnachtsbaum erzählten.

Blödsinn. Törichter, sentimentaler Unsinn.

Mit seinen achtundzwanzig Jahren war er über seine leichtsinnige Jugend hinaus, aber auch noch nicht alt genug, um liebevoll auf sie zurückzublicken. Männer seines Alters feierten den anstehenden Feiertag mit ihren

Bräuten oder kleinen Kindern. Aber nicht Martin. Er hatte sorgfältig darauf geachtet, eine Heirat zu vermeiden, was in seinen frühen Zwanzigern allzu leicht gewesen war. Nach dem Tod seiner Mutter hatte sein Vater seinen Lebenswillen verloren und ihr Leben war in Trümmer gefallen.

Im Alter von zwanzig Jahren waren Martin und seine Zwillingsschwester Helen Waisen und waren nach Bath gezogen, um Arbeit zu finden. Er als Angestellter und sie als Gouvernante. Sie hatten beide ihre Ziele nicht erreicht. Glücklicherweise hatte Helen geheiratet, und ihr Mann hatte Martin finanziell unterstützt, während er sich in der Welt der Investitionen zurechtfand. Ohne viel Geld zur Verfügung zu haben, hatten ihn die jungen Ladies von Bath trotz seines guten Aussehens ignoriert. Nicht, dass es ihn gekümmert hätte. Erst ein paar Jahre später, als er sein Vermögen verdient hatte, sahen die Frauen ihn mit interessierten Augen an. Aber zu diesem Zeitpunkt hatte er die Lust am Heiraten bereits verloren.

Ich werde nicht die gleichen Fehler begehen wie mein Vater. Ein Mann, der nichts liebt, kann auch nichts verlieren.

In den letzten acht Jahren hatte er darauf hingearbeitet, sich als kluger Investor zu etablieren. Im Gegensatz zu seinem Vater hatte er viel mehr Glück und hatte ein großes Vermögen angehäuft. Nun sahen ihn die Ladies mit offenem Interesse an, was er freudig ignorierte. Er brauchte keine Frau, aber wenn er ehrlich war, brauchte er eine neue Geliebte. Sein Junggesellen-Domizil war manchmal ein wenig leer. Er wusste, dass viele Männer ihre Geliebten nicht in ihrer eigenen Wohnung unterbrachten und sie einfach besuchten. Aber Martin scherte sich nicht um die Regeln der Gesellschaft. Da er nur wenige Leute in sein Heim einlud, spielte es keine allzu große Rolle, dass seine Mätressen normalerweise in seinem Stadthaus wohnten.

Es war schon eine Weile her, dass er eine Mätresse unter seinem Dach gehabt hatte. Martin mochte es nicht, dass er immer häufiger betrunken zu Hause saß. Manchmal war das einzige Heilmittel, seine Zwillingsschwester Helen zu besuchen. Ihre kleinen Kinder, seine Nichte und sein Neffe, bereiteten ihm unendlich viel Freude.

„Banks, du Teufel, wo hast du dich denn die letzten Tage versteckt?" Eine vertraute, joviale Stimme durchbrach Martins grimmige Gedanken. Ein rotwangiger Mann mit einem breiten Lächeln starrte über den Rand seiner Zeitung hinweg auf ihn herab.

„Rodney!" Martin grinste, faltete die Zeitung zusammen und legte sie beiseite. „Leistest du mir Gesellschaft, ja?" Es gab viele Männer, die Martin als Freunde bezeichnen konnte, aber Rodney war eher wie ein Bruder.

„Aber nur ganz kurz. Ich muss meine Frau in die Bond Street begleiten. Die Kinder wollen Geschenke, weißt du." Rodney war glücklich, dass konnte Martin an der Wärme erkennen, mit der er dies sagte, und an der Art, wie seine Augen mit väterlichem Stolz funkelten. Ein

Stechen in Martins Brust überraschte ihn, aber er verbarg den Schmerz hinter einem weiteren Lächeln.

„Ich habe dich seit Monaten nicht mehr gesehen", sagte Martin. „Hast du die Maßnahmen ergriffen, die ich bezüglich der Jahreszinsen vorgeschlagen habe?"

Rodney nickte und nahm neben Martin Platz, wobei er sich im Raum nach den anderen Männern umsah.

„Ja, das habe ich. Es hat sich gelohnt. Tut es immer noch." Rodney klopfte sich auf den Oberschenkel und lehnte sich in seinem Stuhl zurück.

„Gut. Freut mich, das zu hören." Martin kannte Rodney seit acht Jahren. Als sie sich das erste Mal getroffen hatten, war der Mann ein Spieler gewesen, aber er war aus dieser Gewohnheit herausgewachsen und war sesshaft geworden. Nun lebte er in Wohlstand.

„Und du? Sag, triffst du dich immer noch mit dieser Opernsängerin? Sie war ganz bezaubernd."

Martin gluckste. „Stella und ich haben uns vor vier Monaten getrennt. Es machte mir nichts aus, sie zu unterhalten, aber wir waren beide des anderen überdrüssig. Wenn der Funke einmal erloschen ist, ist er nun einmal weg", sagte Martin seufzend. „Trotzdem geht es ihr in Paris gut, wie ich höre."

„Warum begleitest du mich heute Abend nicht? Ich habe eine Einladung zu einem Treffen mit einigen Gentlemen in den Argyll Rooms. Sie veranstalten eine Art Ball und es ist anzunehmen, dass sie ein paar Spieltische aufstellen werden."

„Ich weiß nicht. Mit wem bist du verabredet?"

„Lord Pentwith, Mr. Smythebrooke und ein paar andere. Komm schon, Martin, amüsiere dich heute Abend ein wenig."

Martin strich sich nachdenklich über das Kinn. „Vielleicht werde ich das." Er konnte ja immer noch früher gehen, wenn ihn der Abend langweilte.

„Hervorragend. Wir treffen uns heute Abend um neun in den Argyll Rooms." Rodney erhob sich von seinem Stuhl und klopfte Martin gutmütig auf die Schulter, als er sich verabschiedete.

Martin faltete seine Zeitung und beschloss, dass es Zeit war, zu gehen. Er winkte einem Bediensteten im Lesesaal zu und der Junge holte seinen Hut sowie seinen Mantel. Als er den Club verließ, atmete er die frische, kalte Winterluft ein und blickte gen Himmel. Der violette Himmel und die untergehende Sonne milderten die Härte der Stadt in der Dämmerung. In ein paar Stunden würde er in den Argyll Rooms sein und wahrscheinlich die Gelegenheit haben, die Bekanntschaft einiger reizender Ladies zu machen, die auf der Suche nach einem Beschützer und Wohltäter waren. Das war eine Rolle, die er gerne für eine unternehmungslustige junge Schönheit ausfüllen würde, falls ihm eine ins Auge fiel.

Als er seine Residenz in der Park Lane erreichte, freute er sich schon auf das Wiedersehen mit Rodney. Das Stadthaus hatte ihn dreiunddreißigtausend Pfund gekostet, aber er hatte es mit Renovierungen und Möbeln für weitere hunderttausend Pfund verschönert, sodass es jetzt ein recht attraktives Heim war. Jede Frau, die er heute Abend kennenlernte, würde ganz begeistert sein, es eine Zeit lang mit ihm zu teilen. Die Haustür öffnete sich, als er seine Stiefel vorsichtig am Stiefelkratzer abwischte, um sie vom Eis und Schnee der Gehwege zu befreien.

„Willkommen zu Hause, Sir." Mr. Harris, sein Butler, nahm ihm Hut und Mantel ab und reichte sie an einen anderen Bediensteten weiter, der sofort hinter ihm erschien.

„Guten Abend, Harris. Bitte sagt Mrs. Wilson, dass ich heute Abend außerhalb Speisen werde."

„Natürlich, Sir. Soll ich Eure Kutsche zu einer bestimmten Zeit bereithalten?"

„Halb neun wäre ausreichend." Er ließ seinen Blick über das Haus im palladianischen Stil mit der prächtigen weißen Marmortreppe schweifen und stellte sich vor, wie eine schöne junge Lady die Treppe hinaufstieg, bereit, in sein Bett zu fallen.

Verdammt, es war schon zu lange her, dass er eine Frau in seinem Haus hatte. Es würde gut sein, eine neue Geliebte zu haben, jemanden, der sein Bett wärmte und ihm abends bei einem Glas Sherry Gesellschaft leistete. Das vermisste er. Martin stieg die Treppe zum ersten Stock hinauf und betrat seine Gemächer. Sein Kammerdiener, Will Byrd, kümmerte sich gerade um die Sammlung von Schnupftabakdosen in einer Vitrine. Martin benutzte nie Schnupftabak, aber er liebte es, die schön bemalten Dosen zu sammeln. Es war etwas an den winzigen bemalten Porzellanszenen, das ihn faszinierte und in Erstaunen versetzte.

„Guten Abend, Byrd", grüßte er. Sein Kammerdiener nickte und murmelte eine höfliche Antwort.

„Ich gehe heute Abend aus. Lasst mir ein Bad ein und legt eine Abendkleidung bereit, die für die Argyll Rooms geeignet ist."

„Jawohl, Sir. Oh, heute Abend ist ein Brief für Euch eingetroffen, Sir." Byrd reichte ihm einen Brief, den er dankend entgegennahm. Er holte einen silbernen Brieföffner aus seinem Schreibtisch und schlitzte das Wachssiegel auf. Sofort erkannte Martin die Handschrift seiner Schwester.

MARTIN,

ich hoffe, dieser Brief erreicht dich alsbald und du bist wohlauf. Die Kinder haben darum gebettelt, zu erfahren, wann du sie wieder besuchen wirst. Dich vier Monate nicht gesehen zu haben, ist viel zu lang. Gareth und ich dachten, es wäre schön, wenn du uns über Weihnachten besuchen würdest. Ich weiß, dass du die Feiertage nicht magst, aber es würde die Kinder und mich ebenfalls erfreuen, wenn du ein paar Tage uns verbringen würdest. Bitte versprich mir, dass du es in Erwägung ziehen wirst.

Deine dich liebende Schwester,

Helen

· · ·

„OH, HELEN." ER FALTETE DEN BRIEF UND LEGTE IHN auf seinen Schreibtisch. Trotz seines Gelübdes, niemals jemanden oder etwas zu lieben, war Helen die einzige Ausnahme. Sie war seine Zwillingsschwester, jemand, mit dem er den Leib seiner Mutter geteilt hatte. Es war eine unzerbrechliche Bindung. Ja, er hatte Freunde, wie etwa Rodney, und Bekannte. Aber wenn ihm diese Freundschaften morgen gestohlen würden, würde ihn das nicht sonderlich verletzen. Es wäre schlimmer jemanden zu verlieren, den er liebte, so wie Helen, Gareth oder die Kinder.

„Nun gut. Du willst mich zu Weihnachten zu Hause haben, dann komme ich nach Hause." Zweifellos hatte sie vor, ihn mit einfältigen jungen Ladies aus Bath bekannt zu machen, aber er wollte nicht, dass seine Schwester die Heiratsvermittlerin spielte. Er würde nicht zulassen, dass die Feiertage das Eis um sein Herz zum Schmelzen bringen würden.

Nichts könnte das tun.

WENN SIE WISSEN MÖCHTEN, WAS ALS NÄCHSTES passiert, kaufen Sie das Buch bitte, indem Sie HIER klicken!